Deseo®

UNA INTENSA ATRACCIÓN

Sheri WhiteFeather

HARLEQUIN®

Editado por HARLEQUIN IBÉRICA, S.A.
Hermosilla, 21
28001 Madrid

UNA INTENSA ATRACCIÓN, Nº 1328 - 8.9.04
Título original: Cherokee Stranger
Publicada originalmente por Silhouette® Books.

I.S.B.N.: 84-671-1877-6
Depósito legal: B-34156-2004
Editor responsable: Luis Pugni
Diseño cubierta: María J. Velasco Juez
Composición: M.T. Color & Diseño, S.L.
C/. Colquide, 6 - portal 2-3º H, 28230 Las Rozas (Madrid)
Fotomecánica: PREIMPRESIÓN 2000
c/. Matilde Hernández, 34. 28019 Madrid
Impresión y encuadernación: LITOGRAFÍA ROSÉS, S.A.
c/. Energía, 11. 08850 Gavá (Barcelona)
Fecha impresion para Argentina:8.6.05
Distribuidor exclusivo para España: LOGISTA
Distribuidor para México: CODIPLYRSA
Distribuidores para Argentina: interior, BERTRAN, S.A.C. Vélez Sársfield, 1950. Cap. Fed./ Buenos Aires y Gran Buenos Aires, VACCARO SÁNCHEZ y Cía, S.A.
Distribuidor para Chile: DISTRIBUIDORA ALFA, S.A.

Capítulo Uno

Mientras todavía resonaba la última melodía por los altavoces de la máquina de música, el alto y moreno desconocido eligió otra canción.

Emily Chapman se sentó en el borde de la silla. Todo en aquel desconocido la fascinaba, incluso sus gustos musicales. Hasta entonces, había elegido canciones de amor, baladas trágicas de gran emoción y letras que no iban muy acordes con su físico desafiante.

Cuando se alejó de la máquina de música, Emily lo miró con curiosidad.

¿Sería un chico de campo o un hombre de ciudad? No había manera de saberlo. En cualquier caso, se comportaba como una persona que no quiere saber nada de los demás.

Llevaba unos vaqueros, camiseta blanca y cazadora, el pelo largo le caía por la frente y casi le tapaba los ojos. Su rostro era fuerte y anguloso.

Ignorando a los demás presentes en el bar, se dirigió a su mesa, en la que había dejado una botella de cerveza. Se sentó, puso los pies en la silla de enfrente y dio un buen trago a la bebida.

–Aquí tienes –le dijo la camarera a Emily, dejando sobre la mesa la copa de vino e impidiendo que siguiera mirando al desconocido.

–Gracias –contestó Emily sonriendo a aquella mujer que, según la tarjeta identificadora que portaba, se llamaba Meg.

–De nada, cariño. Tu cena todavía no está preparada, pero te la traigo dentro de unos minutos.

–Muy bien –contestó Emily.

No tenía mucha hambre, pero había pedido champiñones rellenos para comer algo. Era la primera vez que comía sola en público y no había podido ser en otro sitio que en la cafetería cutre y mal iluminada de un motel de no muy buena categoría.

Por supuesto, quedarse sola en su habitación habría sido mucho peor.

Cuando la camarera se fue, Emily volvió mirar al desconocido. Cuando él le devolvió la mirada, el tiempo se paralizó y el mundo se detuvo.

Sus miradas se encontraron y se atrajeron como imanes.

Ninguno de los dos parpadeó, ninguno de los dos apartó la mirada.

Emily sintió que se le secaba la boca. En un instante la había dejado sin aliento, pero no estaba flirteando con ella. Era mucho más que aquello. La estaba mirando con apreciación masculina, como si supiera qué sentiría al tocarla, al abrazarla, al acariciar su cuerpo.

Dios Santo.

Decidida a recuperar la compostura, Emily alzó la copa y dio un traguito, pero lo cierto era que le temblaban los dedos.

¿Qué pensaría aquel hombre si supiera que tenía cáncer? ¿Seguiría mirándola con deseo?

«No pienses en eso», le dijo su subconsciente.

No había que compadecerse de sí misma, no había que tener miedo. No se iba a morir. Tarde o temprano, conseguiría vencer al cáncer aunque eso significara perder parte de su piel.

Terminó una canción y empezó otra. En aquella ocasión, se trataba de una balada de Elvis que también había elegido el desconocido.

¿Viviría por allí o habría ido a Lewiston a ver a algún familiar o amigo?

Emily había ido a aquella localidad para ver a un médico. Aquella población estaba a una hora y media de donde ella vivía y podría haberse ido el mismo día, pero había decidido pasar la noche para estar sola y pensar.

En quince días la iban a operar para quitarle el tumor. En aquellos momentos de su vida, quince días le parecían una eternidad, pero los médicos le habían asegurado que el melanoma que padecía no se iba a extender en dos semanas.

Emily tomó aire.

Se había prometido a sí misma que no le

daría miedo ponerse en manos de un cirujano y que no le iba a estar dando vueltas a la cabeza con la posibilidad de que el cáncer se hubiera extendido a los ganglios linfáticos.

Meg le llevó la comida y sonrió.

–Es muy guapo, ¿verdad?

–Sí –admitió Emily dándose cuenta de que el desconocido seguía mirándola.

–¿Por qué no lo invitas a una copa?

–¿Cómo? –exclamó Emily sorprendida.

–Invítale a una cerveza, que se está acabando la suya –la animó la camarera.

–No sé si es el mejor momento...

–No pasa nada, sólo era una sugerencia –dijo la camarera sonriendo y yéndose.

Una vez a solas, Emily se preguntó si debería invitarlo a beber algo. ¿Ella? ¿La chica de pueblo a la que le habían diagnosticado un cáncer de piel?

Observó que el desconocido se terminaba la cerveza mientras ella jugueteaba con los champiñones.

Cuando lo vio apartarse el pelo de la cara, dejando al descubierto la frente y unas pobladas cejas negras, Emily sintió que el cuerpo le ardía.

Al infierno con el cáncer. Tenía que conocer a aquel hombre, hablar con él. Reunió valor, se puso en pie y fue hacia su mesa. La camarera le guiñó un ojo para darle ánimos.

Cuando llegó a su lado, sentía que el corazón le latía aceleradamente y que la sangre se le había agolpado en las sienes. El desconocido se puso en pie y Emily se dio cuenta de lo alto que era.

–Hola, me llamó Emily –se presentó alargando la mano.

–Hola, yo me llamo James –contestó él mirándola de arriba abajo–. Dalton –añadió con un acento irreconocible–. James Dalton.

Haciendo un tremendo esfuerzo para respirar con normalidad, Emily se dirigió hacia su mesa.

–¿Te apetece sentarte conmigo?

El desconocido no respondió. Se limitó a colocarse detrás de ella y a deshacerle la coleta que llevaba agarrada con un pasador.

Sorprendida, Emily no hizo nada. Se quedó de pie, esperando, sabiendo que Meg estaba mirando igual de hechizada que ella por el extraño comportamiento de James.

James se guardó el pasador en el bolsillo de la chaqueta como si tuviera intención de quedárselo.

–Me gusta el color de tu pelo –dijo–. Me recuerda a…

–¿A qué? –preguntó Emily con el corazón en la garganta.

–Al de una persona que conocí –contestó James poniéndose serio de repente.

Emily se dio cuenta de que todavía no lo había visto sonreír. Aun así, le parecía guapísimo. Tenía una pequeña cicatriz en la ceja derecha, un hoyuelo en la barbilla y los pómulos altos, rasgo ineludible de su procedencia mixta de anglosajón e indio.

¿Sería de la reserva de Nez Percé? ¿Por eso estaría en Lewiston?

Cuando se acercó todavía más a ella, sintió un escalofrío y se preguntó que sentiría inmortalizando a aquel hombre sobre la tela.

Emily se ganaba la vida sirviendo mesas en su ciudad natal, pero era una apasionada del arte y vendía sus cuadros en ferias de pintura. No pretendía nada más que pintar rostros que la fascinaban.

–Baila conmigo –le dijo James.

–Pero si no hay pista de baile –contestó Emily mientras él le acariciaba el pelo.

–No, pero hay música.

«Sí, la música que tú has elegido», pensó ella.

–Meg me dijo que te invitara a beber algo.

–¿Meg? –dijo James apartándole un mechón de la cara.

–La camarera –contestó Emily, preguntándose si se estaría dando cuenta de que la estaba seduciendo.

Aquel hombre parecía mitad mago, mitad guerrero, mitad lobo... el héroe de un cuento mágico.

–Baila conmigo –insistió.

Emily debería haberle dicho que no, debería haberse ido porque, en lo más profundo de sí misma, sabía cómo iba a terminar aquello, sabía que Jaime Dalton le iba a pedir otra cosa que no era que bailara con él.

Era obvio que quería irse a la cama con una rubia, que quería tener una aventura de una noche que satisficiera sus necesidades. Aun así, Emily permitió que la agarrara de la mano y que la llevara a un pequeño lugar situado cerca de la máquina de música.

Emily también tenía necesidades, unas necesidades que habían permanecido desatendidas demasiado tiempo. Se merecía sentirse deseada, verlo en el rostro de un hombre.

Sobre todo, ahora.

En aquellos momentos, no quería pensar en sus responsabilidades, pero no pudo evitar acordarse de su hermano de seis años, Corey, a quien había dejado al cargo de una niñera. Lo había llamado hacía un rato y había hablado con él alegremente porque el niño no sabía que su hermana estaba...

–Emily –dijo James sacándola de sus pensamientos.

La tomó en sus brazos y Emilio le puso las manos en los hombros. Comenzaron a moverse al ritmo de la música, lentamente. Emily sintió que los latidos del corazón de James se acompasaban con los suyos.

–Nos están mirando –dijo ella sabiendo que Meg, el camarero y los demás clientes estaban pendientes de ellos.

James bajó la cabeza y le acarició la mejilla con la suya, dejándole una sutil marca con la barba.

–Es normal, ¿no?

–Supongo que sí –contestó Emily.

Que el Cielo la ayudara, porque James era irresistible. Cuando le tomó el rostro entre las manos para besarla, Emily se dejó llevar.

No invadió su boca con la lengua sino que la besó suavemente, ofreciéndole un aperitivo de lo que estaba por llegar.

Sabía a calor, a cerveza, a secretos, a una noche que Emily jamás olvidaría.

Cuando terminaron de besarse, se miraron a los ojos y Emily se preguntó cómo un alma tan torturada podía ser tan bella.

En aquel momento, James la volvió a besar.

Emily era una chica muy decente, pero, aun así, rezaba para que aquel desconocido quisiera acostarse con ella.

Desde luego, eran una combinación nada usual. Ella le recordaba a él a alguien de su pasado y él no se parecía a nadie que Emily hubiera conocido jamás.

James le acarició a Emily la mejilla con el pulgar mientras pensaba que tenía una piel maravillosa y que era una mujer preciosa.

Preciosa y peligrosa.

Cuando la vio mojarse los labios, la volvió a besar, pero aquella vez sí le metió la lengua en la boca y la devoró con pasión.

Quería más, así que la apretó contra su cuerpo. Sintió su aliento mezclarse con su saliva, cálido y sedoso como la brisa de una noche estival.

Cerró los ojos y absorbió la textura, el aroma y la calidad de su pelo, que seguía acariciando.

Se había prometido a sí mismo que no lo haría, que no iría a los bares de la zona en busca de sexo, pero lo había hecho.

Había encontrado a una dulce rubia en la primera noche que había salido por Idaho, su primera noche de libertad.

Su primera noche fuera de la cárcel.

Emily emitió un sonido gutural y James se dio cuenta de que ni siquiera sabía cómo se apellidaba.

De alguna manera, le daba igual porque para él era Beverly. Su amante, su amiga, su esposa.

James abrió los ojos y dejó de besarla. Emily dio un paso atrás para tomar aire. Estaba emocionada y era obvio que quería más.

–No voy a seducirte –le aseguró James.

–¿Ah, no? –dijo ella.

–No. Eres tú la que me está seduciendo a mí y se te da muy bien –dijo él sinceramente.

Lo estaba seduciendo con tanta maestría que le habría hecho el amor allí mismo, en un rincón oscuro.

–Me estás tomando el pelo, ¿verdad?

No, James no estaba de broma. Desde que la había visto había pensando en su esposa, en lo mucho que la echaba de menos.

–¿Te sigue apeteciendo invitarme a beber algo? –le preguntó, dándole la oportunidad de cambiar de parecer y apearse de aquel complicado juego.

Aquella mujer no era Beverly y él no era James Dalton aunque ése fuera el nombre que el Gobierno le hubiera dado.

Su verdadero nombre era Reed Blackwood y era un ex presidiario, un delincuente, un cómplice de asesinato y un ladrón.

Aquéllos eran sus secretos, el peso de sus pecados.

–Sí –dijo Emily.

–¿Sí? –repitió él.

–Sí, me sigue apeteciendo invitarte a beber algo.

Se sentaron en la mesa de Emily y James pidió una cerveza.

Meg no comentó nada sobre la escenita que acababan de protagonizar, pero miró a James como si, de repente, se hubiera convertido en una monja y le estuviera reprobando su actitud.

–Está preocupada por ti –le dijo a Emily.

–¿Quién?

–La camarera.

–Pero si ha sido ella la que me ha animado a conocerte –sonrió dando un trago a su vino.

–Sí, pero debe de ser que se arrepiente. No debía de creer que yo fuera a ser tan... agresivo.

No, obviamente la camarera no había esperado que besara a Emily en público, que le metiera la lengua hasta el gaznate y que se bebiera su saliva.

Emily lo miró con sus grandes ojos color esmeralda. También tenía los ojos del mismo color que Beverly, el mismo color de las esmeraldas que él solía robar.

James se revolvió incómodo en la silla. ¿Se daría cuenta aquella mujer de lo tentadora que resultaba?

Se mordió el labio inferior y se quitó el poco pintalabios que le quedaba. Tenía el rostro ovalado, con la tez muy blanca y unas pestañas larguísimas. Desde luego, su aspecto físico le daba un aire de inocencia que no iba nada con él.

–No te voy a hacer daño –dijo James.

Emily se acercó a él.

–Yo a ti tampoco.

–¿De verdad? –sonrió James conmovido por su ternura–. ¿Eso quiere decir que no estás loca y no eres una asesina en serie cuyas víctimas preferidas son pobres hombres que encuentra en los bares?

Aquello hizo reír a Emily. Al oír su risa, James recordó a su esposa. Sin pensarlo dos veces, le acarició la mejilla y deseó volver a besarla.

La camarera le llevó la cerveza y, sintiéndose culpable, apartó la mano mientras ella pagaba.

–A la próxima invito yo –declaró.

La siguiente ronda llegó una hora después y, para entonces, el bar estaba vacío. Los únicos clientes que quedaban eran Emily y James. Habían estado hablando de cine, música y cosas sin importancia.

A James le hubiera gustado bailar con Emily de nuevo, pero pensó que era mejor quedarse en la mesa hablando, fingiendo que le interesaba conocerla, para hacer que su encuentro sexual fuera un poco más normal.

–¿Te alojas en este motel? –le preguntó Emily.

–Sí, ¿y tú?

Ella asintió.

James rezó para que se fueran a su habitación porque prefería que el policía que lo acompañaba, y que ocupaba la habitación contigua a la suya, no se enterara de que en su primera noche ya había hecho algo que se suponía que una persona protegida no debía hacer.

En cualquier caso, no estaba saltándose ninguna norma. El programa de protección de testigos no prohibía a sus miembros mantener relaciones sexuales.

James dejó a un lado la cerveza y se preguntó si Emily se querría acostar con él. Por supuesto que querría. No era tan inocente como parecía.

–¿Cuándo te vas? –le preguntó ella.

–Mañana –contestó James.

–Yo también –dijo Emily terminándose la segunda copa de vino–. ¿Vuelves a casa?

James intentó no fruncir el ceño, pues hacía años que no tenía una casa. Se había pasado un año y medio huyendo del padre de Beverly, que era un señor del crimen, y otro año en la unidad de seguridad de una prisión federal testificando contra la mafia y cumpliendo condena por un golpe que aún lo atormentaba.

Después, había estado dos semanas en un centro de orientación donde le habían dado una nueva identidad y le habían explicado que tenía trabajo en Idaho.

–¿James? –dijo Emily.

–¿Sí? Oh, sí, me vuelvo a casa a primera hora de la mañana –contestó, pensando en que volvía a un lugar en el que nunca había estado.

–Yo también.

No le preguntó dónde vivía. No lo quería saber. A James Dalton no se le daba bien hablar de detalles cotidianos. A Reed Blackwood, tampoco. Ambos tenían mucho que esconder.

–¿De dónde eres? –le preguntó Emily.

James contestó utilizando las mentiras que el programa de protección de testigos le había proporcionado.

–Nací en Oklahoma, pero he vivido en muchos sitios –dijo, haciéndole una señal a la camarera para que les llevara la cuenta–. Me parece que están cerrando. Nos tendríamos que ir –añadió cambiando de tema.

Dejó una propina y acompañó a Emily a la puerta. Sabía que la camarera los estaba mirando y le entraron ganas de decirle que se iba a portar bien con ella porque Emily era su salvación, la compañía que necesitaba para una noche, pero no dijo nada porque era imposible decir algo así en voz alta.

Una vez fuera, James le pasó el brazo a Emily por los hombros pues hacía viento. Anduvieron hacia el motel y se pararan bajo una escalera.

–¿Y bien? –preguntó James.

–¿Y bien? –repitió ella mirándolo con sus grandes ojos.

–¿Me vas a invitar a entrar en tu habitación? –le dijo él al oído.

Emily asintió y lo besó.

Al instante, James se excitó.

Emily suspiró y él se la imaginó completamente desnuda y excitada y él lamiéndole todo el cuerpo como si fuera un limón mojado y...

Maldiciéndose por lo estúpido que era, se apartó de ella. No tenía preservativos.

–Soy un aguafiestas –dijo.

–¿Qué?

–Tengo que ir a comprar preservativos –le dijo señalando la tienda que había al otro lado de la calle.

–Te espero en mi habitación –contestó Emily tímidamente.

–Te acompaño.

Su habitación estaba en la segunda planta y, al llegar allí, se besaron con tanta pasión que les costó un gran esfuerzo separarse.

Cuando Emily le tocó la bragueta, James pensó por un momento que daban igual los preservativos, que por una vez se arriesgaría.

Pero no podía hacer eso. Ya tenía un hijo. Sí, era padre de un precioso niño al que no había podido criar y al que echaba de menos terriblemente. Lo último que quería era tener un hijo con una desconocida.

–Ahora mismo vuelvo –le dijo apartándole un mechón de pelo de la cara.

–Te espero aquí –sonrió ella abriendo la puerta de su habitación.

James la vio desaparecer en el interior y, mientras caminaba hacia la tienda, pensó que aquélla no era la mejor manera de que Reed Blackwood se convirtiera en James Matthew Dalton.

Capítulo Dos

Emily esperó en su habitación intentando no ponerse nerviosa, pero lo cierto era que ya lo estaba. Estaba asustada porque no tenía experiencia.

¿Debería decírselo?

¿Decirle qué, que la iban a operar en dos semanas?

Se sentó en la cama y se retorció los dedos. Seguro que, si le contaba lo del melanoma, no habría sexo. ¿Qué hombre excitado soportaría hablar de cáncer de piel antes de meterse en la cama?

No tenía por qué darse cuenta de la cicatriz que tenía en la parte de atrás de la pierna, allí donde le habían quitado el lunar. Claro que no se daría cuenta. ¿Por qué se iba a fijar en una pequeña cicatriz?

Muy bien. ¿Y debía decirle que era virgen?

Había hablado muchas veces con sus amigas sobre sus primeras veces. Se reunían con un refresco y unas patatas fritas y se contaban todos los detalles indecentes, como suelen hacer las mujeres aunque mucha gente no lo sepa.

Pero eso no era suficiente ahora que había

llegado el momento de la verdad. Emily siempre había creído que su primer amante sería su marido, pero el cáncer había cambiado las cosas y James se había cruzado en su camino.

Desesperada, se quitó las botas y los calcetines.

Al poco rato, llamaron a la puerta.

Por supuesto, era James.

–Hola –sonrió.

–Hola –contestó Emily haciéndose a un lado para que entrara.

–Los tengo –dijo James indicando la bolsa.

Se refería a los preservativos, claro.

Era un hombre con la suficiente experiencia como para no olvidarse de ellos, pero había un detalle que a Emily le había gustado y era que no los llevara encima. Eso quería decir que no solía tener aventuras de una noche asiduamente.

–Sigues vestida –comentó él con una sonrisa picarona.

–¿Esperabas que me hubiera desnudado? –contestó ella con el pulso acelerado.

–Uno siempre tiene esperanzas, sí –contestó James dejando los preservativos en la mesilla de noche.

–Me he quitado las botas –apuntó Emily, dándose cuenta al instante de que había hecho un comentario que no resultaba en absoluto provocativo.

–Me llevas eso de ventaja –contestó él imitándola–. Ahora, estamos iguales.

–Tú llevas cazadora –apuntó Emily.

James procedió a quitársela.

–Ya, no –dijo apartándole el pelo de la cara–. Te toca, preciosa.

Emily no se sentía preciosa en absoluto con las luces encendidas. ¿Le parecería que tenía el pecho muy pequeño o la tripa fofa?

–No, tú primero.

–Eso es trampa.

–Ya, pero estamos en mi habitación y jugamos según mis reglas.

–Ahí me has pillado –dijo James quitándose la camiseta y dejando al descubierto un impresionante torso fuerte y musculoso en cuyo pezón izquierdo lucía un aro con una piedra negra en el centro.

Emily se quedó mirándolo.

–Me lo hice hace tiempo –dijo él.

–¿Te lo hiciste tú?

–Es algo parecido a un ritual.

A Emily le resultaba más sensual que espiritual, pero no dijo nada.

–¿Qué pasa si te lo tocas?

–¿No quieres averiguarlo?

Sí, claro que quería.

Emily se acercó a él y James la tomó de las manos y la besó con ardor. Al instante, Emily sintió sus manos por todas partes. Le hubiera gustado apagar las luces, pero era imposible.

–Dime lo que te gusta –le dijo James chupándole la oreja–. Dime qué quieres que te haga.

Emily, la pobre, no tenía ni idea, así que decidió que debía decirle que fuera más despacio.

–Soy nueva en esto –le dijo.

–¿Cómo?

–Sí, es la primera vez.

James se quedó de piedra y se apartó de ella.

–No hace falta que pares, James –le aseguró mirando su bragueta y comprobando que seguía excitado.

James la miró con el ceño fruncido. ¿Estaría enfadado? ¿Confundido?

–¿Cuántos años tienes? –le preguntó.

–Veintidós.

James la miró a los ojos.

–¿Por qué yo y por qué ahora?

Emily no sabía qué decir porque no le podía contar que tenía cáncer. No quería que se apiadara de ella o, peor, que le diera asco.

–Estoy cansada de esperar –mintió.

–¿Y por eso ligas con un tío en un bar? Eso no tiene sentido.

–¿Hace mucho que no te miras al espejo? –protestó Emily, dispuesta a dejar claro que ella podía elegir a quien quisiera y cuando quisiera para perder la virginidad–. ¿No sabes acaso lo guapo que eres?

–¿Y por eso quieres acostarte conmigo? –dijo James cerrando los ojos–. Es de locos.

–Sólo es sexo.

–No debería ser así –dijo James abriendo

los ojos–. La primera vez tiene que ser diferente. Debes seguir esperando, Emily, debes encontrar al hombre adecuado.

Humillada, Emily se abrochó la blusa. James la estaba rechazando. Adiós a su fantasía sexual con un desconocido.

James le acarició la mejilla con ternura y Emily quiso pedirle que se quedara, pero no tuvo valor.

–No puedo –dijo él.

–No importa –contestó Emily levantando el mentón.

–Me tengo que ir –dijo James poniéndose la camiseta y las botas–. Si no me voy ahora mismo…

Emily no dijo nada, se limitó a mirarlo. James se terminó de poner las botas y la miró también. A continuación, se puso la cazadora y se fue sin despedirse, dejando a Emily sola.

Demasiado sola.

Eran las seis de la mañana cuando James se miró al espejo.

Cuando había accedido a entrar en el programa de protección de testigos, había creído que lo someterían a algún tipo de operación de cirugía plástica, pero no había sido así. Seguía teniendo la misma apariencia física.

Una apariencia física que a Emily le había gustado.

De hecho, había querido acostarse con él, entregarle su virginidad... como Beverly.

Sí, pero aquello había sido diferente porque Beverly estaba enamorada de él y Emily no lo conocía de nada.

Sacudió la cabeza para aclararse la mente, recogió sus escasas pertenencias y salió de su habitación.

Ya había amanecido y Zack Ryder, el comisario de policía que le habían asignado, lo estaba esperando.

–Buenos días –le dijo encendiéndose un cigarrillo.

Aquel hombre pertenecía a un cuerpo de elite del ejército estadounidense que no sólo se dedicaba a la protección de testigos sino también a la protección de altos mandatarios internacionales.

Él, sin embargo, sólo tenía veintiséis años y se había pasado la mayor parte de su vida aprendiendo a ser un delincuente. Siempre se le habían dado bien los ordenadores y eso, unido a su coeficiente intelectual más alto de lo normal, había hecho que la mafia pronto se fijara en él como experto informático.

No había tardado mucho en convertirse en parte de la familia de la Costa Oeste con base en Los Ángeles.

Zack le preguntó si quería desayunar en la cafetería del motel, pero James le dijo que no porque no quería arriesgarse a encontrarse con Emily.

Se había pasado toda la noche dando vueltas, preguntándose quién sería aquella mujer y dónde viviría.

No tenía por qué importarle, pero lo cierto era que estaba preocupado por ella, por si conocía a otro tipo en otro bar y el muy canalla accedía a acostarse con ella.

Mientras paraban en un McDonald's que encontraron en la carretera, Zack le contó que el programa de protección de testigos había decidido reubicarlo en Silver Wolf, una pequeña población situada al norte de Idaho, a más o menos una hora y media de Lewiston.

Zack conducía con una mano en el volante mientras con la otra se tomaba un sándwich.

–Deberías pasarte por Tandy Stables.

–¿Para qué? –preguntó James.

–Para ver si te dan trabajo. La señora que lo lleva está buscando un ayudante y ofrece alojamiento y manutención.

–¿Cómo lo sabes?

–Porque mi trabajo es saberlo. ¿No creerías que te iba a dejar en una ciudad que no conoces sin tener trabajo? Además, me han dicho que se te dan bien los caballos.

James se encogió de hombros. Había crecido en Texas rodeado de caballos, pero había pasado también mucho tiempo en la ciudad.

–Volver a los orígenes te sentará bien –dijo Zack–. Por cierto, tienes un aspecto espantoso.

–No he dormido bien.

–¿Has estado demasiado ocupado ligando con cierta rubia en el bar?

James se dio cuenta de que el policía lo sabía todo.

–No he hecho nada malo.

–Te puedo asegurar que, si lo haces, te mato. Si haces algo malo, te echarán del programa en menos tiempo del que tardaste tú ayer en besarla.

–No quiero hablar de eso –contestó James.

Lo cierto era que no quería hablar de Emily porque seguía pensando en ella.

–No la fastidies –dijo Zack sonriéndole para darle a entender que era su amigo–. Me dejarías en mal lugar.

–Te puedo asegurar que no tengo ninguna intención de fastidiarla.

James entendía que Zack no se fiara de él porque ni él ni nadie, ni el FBI ni los directores del programa de protección de testigos, sabían toda la verdad; no sabían que James había tenido un niño y que le había pedido a otro hombre que lo hiciera pasar por su hijo. Aquello lo había cambiado. Ser padre, aunque fuera en secreto, lo había convertido en una persona diferente.

Noventa minutos después, Zack salió de la autovía y tomó una carretera secundaria.

–Ya hemos llegado.

James miró por la ventana y se fijó en los edificios de madera que ya había visto en los vídeos que le habían enseñado para que se fuera familiarizando con la zona.

El programa se había planteado la posibilidad de mandarlo a vivir a una comunidad Cherokee, pero la habían descartado porque habían pensado que la mafia podría buscarlo allí porque lo más obvio sería que buscara la protección de su tribu.

Por eso habían elegido aquel lugar, que estaba situado cerca de la reserva de Nez Percé, una nación india con la que no tenía ninguna conexión.

El inspector paró el coche ante el motel de la población, el nuevo hogar de James hasta que encontrara trabajo.

En cuanto lo tuviera, se compraría una casa pues el programa esperaba que, a partir de entonces, se estableciera y echara raíces a no ser, por supuesto, que corriera peligro y hubiera que sacarlo de allí a toda velocidad.

Habían pasado ya tres días desde aquella noche, tiempo suficiente para olvidar, pero Emily no podía dejar de pensar en James, en su amante frustrado.

Entró en la cafetería en la que trabajaba y fichó con su tarjeta.

–Perdón por llegar tarde –le dijo a la cocinera que estaba esperando para irse cuando ella entrara–. He tenido una reunión en el colegio de Corey y ha durado más de lo que yo creía.

–No pasa nada, todos tenemos hijos –contestó su compañera.

Emily suspiró. Ella no tenía hijos. Lo que tenía era un hermano pequeño del que intentaba cuidar lo mejor que podía, aunque el niño se empeñaba en meterse en líos cada dos por tres.

Emily se despidió de la cocinera y miró a ver cómo estaba el local. El lugar estaba relativamente tranquilo, así que no iba a tener mucho que hacer.

Por supuesto, estaban los clientes de siempre. Lorna, la esteticista de la misma calle, estaba pagando lo que solía encargar para llevar, y Harvey Osborn, un cartero jubilado, estaba sentado en el taburete de siempre.

Enfrente había un hombre de espaldas que llevaba un sombrero de vaquero y estaba leyendo el periódico.

Emily giró la rueda que tenía ante sí para ver los pedidos que tenía que preparar, incluido el sándwich de Harvey y sus litros y litros de café.

Harvey era un hombre menudo y coqueto que se preciaba de saberlo todo de todos los habitantes de Silver Wolf porque, en realidad, era un cotilla.

–¿Qué tal estás? –le preguntó a Emily cuando le sirvió otro café.

Por supuesto, Harvey sabía que Emily tenía cáncer.

–Bien –contestó ella.

–¿Has visto a ese hombre de ahí? –le dijo el cartero refiriéndose al hombre que estaba de espaldas.

Emily asintió.

–Me apuesto el cuello a que es el ayudante de Lily Mae.

–¿Tú crees?

A Harvey le encantaba hablar de Lily Mae Prescott, la propietaria de Tandy Stables.

–¿Por qué no vas a averiguarlo? –le dijo tomándola del brazo.

–Supongo que, en cualquier caso, tendré que ir a saludar y a decirle que su desayuno está casi listo –contestó Emily.

Al acercarse al desconocido, el hombre dobló el periódico y la miró.

A Emily casi se le cayó la cafetera al suelo.

–¿James?

Sí, era él.

Emily creyó que se desmayaba.

–¿Emily? –dijo él igualmente sorprendido.

Ella dio un paso adelante con la cafetera en la mano fingiendo que le iba a servir como si estuviera haciendo su trabajo.

–¿Quieres más café?

–No, sí, de acuerdo.

Emily comprendía que estuviera confundido porque ninguno de los dos creía que se fueran a volver a ver jamás.

Le sirvió una taza de café, convenciéndose a sí misma de que sobreviviría a aquel momento tan espantoso en el que el corazón se le había acelerado y sentía la sangre agolpada en las sienes.

Se fijó en que se había afeitado, pero de todas maneras seguía pareciendo un indio rebelde.

–Creí que me habías dicho que te ibas a casa –le dijo con voz trémula.

–Así es. Ahora vivo aquí, me acabo de mudar.

Santo Cielo.

–Por eso estaba en Lewiston –le explicó–. Llegué en avión aquella noche y me hospedé en el motel porque estaba cerca del aeropuerto. ¿Tú qué hacías allí?

–Yo... tenía una cita aquella tarde y no me apetecía conducir luego hasta casa.

–No era mi intención que esto sucediera, Emily –se disculpó James.

–No pasa nada –contestó ella secándose el sudor de las manos en el delantal–. Te gustará vivir aquí.

–Vaya –dijo Harvey a sus espaldas–, ¿os conocéis?

James se giró hacia el otro hombre, que se levantó de su mesa y fue hacia ellos. Emily no se movió. No se podía mover. Había intentado olvidarse de James Dalton, pero le había resultado imposible y ahora estaba allí.

–¿Es usted el nuevo ayudante de Lily Mae? –le preguntó Harvey a James sentándose en su mesa sin esperar a que el otro lo invitara.

–Así es, me ha contratado esta mañana –contestó James.

–Lo sabía –exclamó Harvey–. Te lo había dicho, ¿a que sí? –añadió mirando a Emily y de nuevo a James–. ¿Y de qué conoce a nuestra Emmy? ¿Qué es eso de Lewiston que he oído?

Emily vio cómo James doblaba el periódico intentando ganar tiempo. Aquella pregunta lo había tomado por sorpresa y estaba buscando una contestación.

–La vi y me pareció guapa.

«Y quisiste acostarte conmigo hasta que te enteraste de que era virgen», pensó Emily.

–A mí también me parece guapa –confesó Harvey–. De hecho, por eso vengo aquí a comer... No se lo diga a las otras camareras, ¿eh? Ellas se creen que es por ellas –sonrió.

James sonrió y Emily recordó el sabor de aquella boca.

Harvey se presentó al recién llegado y comenzó a charlar con él.

–Así que vas a trabajar con Lily Mae, ¿eh? Pues te diré que está loca.

–A lo mejor, por eso me ha contratado –contestó James.

Cuando la miró, Emily se preguntó si Harvey le contaría que la iban a operar en un par de semanas porque tenía cáncer.

–Voy a ver si lo tuyo está listo –le dijo, rezando para que Harvey volviera a su sitio.

Pero no fue así. El gurú del cotilleo se quedó con James, contándole cosas sobre Lily Mae. Cuando Emily le llevó el desayuno, debió de pensar que ya había contado bastante por aquel día y dejó a James desayunar en paz.

Cuando el hombre pagó y se fue, James se quitó el sombrero y se dirigió a Emily.

–Debieron de estar enamorados –le dijo.

–¿Cómo?

Emily se dio cuenta de que se había dejado la cafetera en su mesa todo aquel rato. Desde luego, tenía la cabeza en otra parte.

–Me refiero a Lily Mae y a Harvey.

–¿Tú crees?

–Sí, seguro, cuando eran jóvenes o algo así.

–Nunca se nos había ocurrido a ninguno. Harvey no puede soportar a Lily Mae.

–Eso es porque no puede olvidarse de ella. A veces pasa. Conoces a una mujer y no te la quitas de la cabeza y… –se interrumpió al darse cuenta de lo que estaba diciendo.

Emily no sabía qué hacer. Sabía que estaba hablando de la otra rubia, a la que ella le recordaba.

–Será mejor que me vaya y te deje comer en paz –dijo girándose para irse.

Pero James la agarró del brazo.

–Espera –le dijo.

–Dime.

–¿Has…? ¿Ha habido…? –carraspeó–. ¿Has encontrado a otro hombre?

Avergonzada, negó con la cabeza.

–No era para tanto, no me corría tanta prisa.

–¿Ah, no?

–No, fue sólo un pronto –contestó Emily, pensando que James estaba acariciando la botella del ketchup como si fuera el cuerpo de una mujer.

–Sólo quería asegurarme de que nadie había...

¿Qué? ¿De qué nadie le había quitado la virginidad? ¿De que nadie la había hecho gozar?

Emily se mordió el labio, recogió la cafetera y se fue. James se quedó mirando entonces la botella que había estado acariciando.

Emily volvió al cabo de un rato a preguntarle si quería algo más. James le dijo que no con la cabeza, sin mirarla, así que le llevó la cuenta.

Había llegado más gente y Emily los atendió y charló con ellos como todos los días. Al cabo de un rato, cuando iba a servir dos especiales de la casa, miró a la mesa de James, pero éste se había ido.

Se acercó y recogió la mesa y la propina que le había dejado. Al hacerlo, comprobó que no era una moneda sino la horquilla con la que se había quedado la noche en la que se habían conocido.

La noche en la que la había dejado con las ganas.

Capítulo Tres

Emily vivía a diez kilómetros del pueblo, tomando un camino asfaltado que desembocaba en su casa, un edificio blanco y amarillo que parecía sacado de un cuento.

James aparcó su furgoneta recién comprada y se quedó sentado al volante rezando para que el propósito de su visita no hiciera que Emily se enfadara.

Llevaba varios días sin verla, desde que se había ido sin despedirse de ella. Se había encontrado con Harvey Osborn aquella misma tarde en la ferretería y el viejo cartero se lo había contado todo.

Así que allí estaba, aparcado frente a su casa, preparándose para hablar con ella.

Con una mujer a la que apenas conocía.

Con una mujer que tenía cáncer.

James se quedó mirando la farola que había en la entrada y se preguntó si Dios la habría puesto en su camino por algún motivo, si conocerla formaría parte de un plan divino.

Sí, claro.

¿De verdad creía que Dios se interesaba por

él, que merecía la pena? Era un ex presidiario, un cómplice de asesinato que no debería relacionarse con Emily.

Maldijo y salió del coche aunque sabía que lo que debería hacer sería volver al trabajo y olvidarse de ella, mantener las distancias.

No podía hacerlo. Tenía que hablar con ella.

Avanzó por el camino flanqueado de árboles y se ajustó el sombrero para ocultar los ojos y sus emociones.

La puerta tenía cuatro cristalitos, pero eran ahumados y no se veía el interior, así que James no sabía lo que lo aguardaba.

¿Qué le iba a decir? ¿Cómo iba a sacar la conversación que le interesaba?

Llamó a la puerta con los nudillos y Emily abrió al instante. Fue tan rápido que, al verla, James se tuvo que decir a sí mismo que no debía olvidarse de respirar.

El pelo, rubio como un trigal, le ondeaba al viento y sus preciosos ojos verdes lo miraban sorprendidos.

James pensó que podría haber sido Beverly, la mujer a la que amaba.

–¿James?

Al verla parpadear, James se dijo que no era Beverly, no era su esposa. Tampoco se parecían tanto.

«¿Y la enfermedad?», se preguntó.

La enfermedad era lo que lo había llevado allí, lo que lo tenía perplejo y preocupado.

–¿James? –repitió ella.

–Harvey me ha dicho dónde vives –confesó.

–Acabo de llegar de trabajar hace un rato y no esperaba compañía... aunque supongo que eso también te lo habrá dicho.

James frunció el ceño.

–¿Por qué no me dijiste que tenías cáncer?

Emily se quedó sin aliento, palideció y se agarró al pomo de la puerta.

–¿Cuándo querías que te lo dijera?

–¿Qué tal la noche que nos conocimos?

–No era el momento.

–¿Por qué no?

–Hubiera sido raro.

«¿Y ahora no lo está siendo?», pensó James.

Emily soltó el pomo y se puso a juguetear nerviosa con la camiseta que llevaba.

–No pasa nada –dijo.

¿Cómo que no? James sintió ganas de zarandearla, abrazarla y no soltarla jamás.

Su mujer había muerto de cáncer de pulmón. Beverly también era joven y guapa, pero el cáncer no hace distinciones. A veces, personas que se supone que no corrían ningún riesgo terminaban enterradas en una bonita colina de hierba con una preciosa lápida de mármol encima.

Como la que tenía Beverly en aquel lugar donde James no podía ir.

–Quiero saberlo todo, Emily. Quiero saber cómo estás.

–¿No te lo ha contado Harvey?

–Los detalles, no.

–¿Y qué te ha contado?

–Me ha dicho que tienes cáncer de piel y que te van a operar.

–Pues ya te ha dicho suficiente –contestó Emily mirándolo con dignidad.

–Eso es lo que tú crees.

–No tengo obligación de contarte nada.

James se acercó a ella.

–Hace cinco días estabas dispuesta a entregarme tu virginidad y no fue porque estuvieras harta de esperar sino porque, al estar enferma, no te importó ligar con un hombre en un bar y acostarte con él, ¿verdad? –le dijo muy serio.

–¿Y qué excusa tienes tú? –le espetó Emily.

«Una esposa muerta y un hijo perdido», estuvo a punto de contestar James.

–Los hombres no necesitamos excusas, los hombres... –se interrumpió al darse cuenta de que le estaba hablando con demasiada crudeza.

–¿Los hombres qué?

–Nada –dijo James dando un paso atrás y odiándose a sí mismo por haberla puesto en aquella situación.

Al verla suspirar, le entraron ganas de contárselo todo para que entendiera por qué su cáncer lo volvía loco.

–Lo siento, Emily.

–¿De verdad?

–Sí, lo que pasa es que me tienes preocupado.

Emily se mordió el labio, un tic nervioso que James ya le había visto hacer en otras ocasiones. ¿Estaría considerando su sinceridad?

–Está bien. Te contaré todo lo que quieras saber –accedió por fin.

James esperó en silencio a que fuera ella quien diera el primer paso y Emily lo hizo indicándole que tomara asiento en el porche.

¿Qué esperaba, que lo invitara a entrar en su casa después de cómo se había comportado con ella, que lo dejara pasar a aquella casita de chocolate donde él jamás sería digno de entrar?

Emily se sentó al lado de James a la sombra y, al hacerlo, sus hombros se rozaron haciendo que el corazón se le acelerara. Jamás olvidaría los apasionados besos de aquella noche.

James quería que le contara todo sobre su enfermedad.

Lo miró.

Estaba cerca. Demasiado cerca. No debería haber elegido aquel lugar para mantener aquella conversación, pero ya era demasiado tarde.

James llevaba el sombrero calado y no le veía los ojos, así que sus secretos estaban a salvo, pero él quería saber todos los suyos.

–¿Sabes algo de cáncer de piel?

–Un poco, pero no lo suficiente como para entender lo que te pasa –confesó James.

–Tengo un melanoma –le explicó Emily pensando que era el tipo de cáncer de piel más grave–. Es un cáncer que empieza en una célula que se llama melanocito, que es la encargada de producir la melanina.

–Que es el pigmento de la piel –apuntó James.

Emily asintió.

–Las personas de piel muy blanca y pelo rubio o pelirrojo son más propensas a que se les desarrolle un melanoma porque tienen menos melanina que las demás.

–Como tú.

–Así es.

A pesar de ser rubia y muy blanca, a Emily siempre le había gustado tomar el sol y bañarse, pero ya no podía hacerlo.

–¿Cómo descubrieron que tenías cáncer?

–Fui al médico porque me había torcido el tobillo y quería que me hiciera una radiografía –contestó Emily sin mirarlo a los ojos.

Estaban en mayo y la brisa todavía era fresca, pero pronto llegaría el verano y tendría que huir del sol y tener mucho cuidado incluso cuando saliera a la calle.

–El tobillo estaba bien, pero el médico descubrió un lunar sospechoso.

–¿Sospechoso?

–Sí, tenía forma y color irregular. Yo, la verdad, es que nunca me había dado cuenta. Hacía muchos años que lo tenía –dijo Emily intentando mantener la calma–. Mi médico me mandó a una clínica especializada en problemas cutáneos que está en Lewiston. Allí, me extirparon el lunar y llevaron a cabo una biopsia.

Llegado aquel momento, Emily se interrumpió y tomó aire. No le gustaba estar hablando de aquello con un hombre al que apenas conocía y con el que había estado a punto de acostarse.

James se cambió de postura y, notándolo todavía más cerca, Emily retomó las explicaciones pues quería terminar cuanto antes con aquella conversación.

–Hay diferentes tipos de melanomas y la enfermedad se diagnostica por fases, según el grosor del tumor y la extensión de piel que haya invadido. El mío está en fase uno.

–¿Cuándo te operan?

–El próximo viernes –contestó Emily.

James la miró preocupado.

–¿Y la recuperación?

–Depende de cómo salga la operación y de qué trabajo tengas –le explicó ella preguntándose por qué querría saberlo absolutamente todo –. Mi jefe me ha ofrecido pagarme unas semanas de baja por enfermedad y, de todas formas, este verano me iba a tomar unas vacaciones –añadió pensando en su plan inicial de tomar el sol y bañarse en el río, algo que ya no podía hacer–. Tendré tiempo de sobra para recuperarme.

–¿Te va a cuidar tu familia?

–Mis padres murieron.

–Lo siento –dijo James mirándola a los ojos.

–Gracias –contestó Emily.

La verdad era que pasar por aquello sin ellos iba a ser mucho más duro.

–¿Quién te va a llevar al hospital?

–Una amiga que se va a quedar conmigo.

–Yo puedo echar una mano, puedo ir a verte cuando tu amiga no pueda.

Emily negó con la cabeza.

–No hace falta.

–¿Seguro? –dijo James acariciándole el rostro ovalado.

–Sí –contestó Emily negándose a admitir cómo la había cambiado tener cáncer–. Estaré en buenas manos.

–Si me necesitas, llámame –se ofreció James de todas maneras.

Emily tomó aire. Le ardía la cara, allí donde él la había tocado.

–Te voy a dar mi número.

–No hace falta.

–Por si acaso –insistió James dándole una tarjeta de visita de Tandy Stables.

Emily la aceptó y, sin pensarlo, la apretó contra su pecho. Entonces, se dio cuenta de que su nombre y su número estaban peligrosamente cerca de su corazón.

Se quedaron en silencio.

Un instante después, apareció el autobús amarillo del colegio y de él se bajó Corey, con la mochila a la espalda, como siempre.

–Mi hermano –dijo Emily mientras el niño subía el camino desde la parada.

–¿Ese chaval es tu hermano? –preguntó James estudiando al niño rubio y con los dientes separados que avanzaba hacia ellos.

–Sí –contestó Emily–. Soy su tutora legal.

Por eso, precisamente, le había tenido que contar, por fin, lo que le pasaba y le había pedido que no jugara al sol como ella solía hacer.

Emily se adelantó para saludar a Corey, pero su hermano estaba más interesado en el desconocido alto y moreno que había en su porche.

–¿Y tú quién eres?

El hombre con el que había estado a punto de acostarse se acuclilló a la altura de Corey.

–Soy un amigo de tu hermana.

–¿Tienes novio, Emma? –dijo el pequeño de seis años mirando a su hermana, que sintió que el gato le comía la lengua.

–No... yo... eh...

–No soy su novio.

Corey dejó la mochila en el suelo y cambió de tema, pero eligió otro igual de incómodo.

–¿Sabes que la van a operar?

–Sí, me lo acaba de contar. Es para que se ponga mejor. Tú la vas a ayudar a recuperarse, ¿verdad?

–Sí, claro, yo me voy a ir a dormir a casa de Steven durante cuatro noches.

–¿Steven es tu amigo?

–Sí, tiene una habitación muy chula con literas y todo –le explicó el crío–. Por cierto, me llamo Corey, pero mi hermana cuando se enfada me llama Corbin. ¿Tú cómo te llamas?

–Me llamo James –sonrió el desconocido haciendo que Emily se preguntara si le gustaban los niños.

–¿Quieres jugar a los videojuegos conmigo?

–Me encantaría, pero tengo que volver al trabajo –contestó James señalando la furgoneta cargada de madera.

–¿Eres vaquero?

–Sí, supongo que lo soy –contestó, pensando en el sombrero y las botas que llevaba–. ¿Te gustan los caballos?

–Mucho, me encantan. ¿Te apetece cenar esta noche con nosotros? –le propuso. A continuación, se giró hacia su hermana–. ¿Puede venir, Emmy?

Emily miró a James a los ojos y se preguntó si a él le apetecería ir. En cualquier caso, la buena educación de niña de pueblo que había recibido le impedía negarse.

–No va a ser nada del otro mundo, pero si te apetece…

–Vendré encantado –contestó James.

Emily recogió la mochila de su hermano rezando para haber hecho lo correcto, para que James Dalton no le complicara la vida más de lo que ya lo estaba.

A pesar de que no quería tomárselo como una cita porque no lo era, James estaba nervioso y se puso su mejor camisa para ir a cenar con Emily y Corey.

De camino a su casa, paró a comprar un ramo de flores para ella y un coche de juguete para el niño.

A pesar de que no se parecían en nada y de que ni siquiera tenían la misma edad, Corey le recordaba a su hijo.

La última vez que había visto a Justin tenía diez meses. Ahora, ya andaría y hablaría y llamaría «papá» a otro hombre.

Justin había nacido durante el año y medio en el que Beverly, su hermana y él habían estado huyendo de la mafia.

Cuando llegó a casa de Emily, comprobó que Corey se había quedado dormido y se ofreció para ayudar a Emily con la cena.

–¿Sabes cocinar? –le preguntó ella oliendo las flores.

–Un poco.

–Entonces, sígueme.

Emily lo condujo a una pequeña, pero bien equipada cocina en la que había cestos de fruta y verdura sobre las encimeras y olía de maravilla.

–¿A qué huele? –le preguntó mientras ponía las flores en agua.

–Hay un asado en el horno.

James miró a su alrededor y reparó en un cuadro que le llamó poderosamente la atención. Era el retrato de una mujer mayor de pelo rojo y reflejos plateados que tenía un velo sobre la cabeza y unas cartas del tarot al lado.

Lo más impresionante eran sus ojos.

–Es fascinante –dijo.

Emily se acerco a él.

–Es Madame Myra –le dijo –. Pasó por aquí con un circo y me gustó tanto que le pedí que posara para mí.

James la miró sorprendido.

–¿Lo has pintado tú?

–Sí, es mi hobby.

–No, es mucho más que eso, es parte de ti.

Se quedaron mirándose a los ojos como aquella primera noche y a James se le antojó que no había nadie más en el mundo aparte de Emily.

–Me leyó las cartas, pero creo que no acertó –dijo ella.

–¿Por qué? ¿Qué te dijo?

–Me dijo que iba a... conocer a un hombre alto y moreno –dijo tomando aire–. Pero eso es muy típico...

De nuevo, se quedaron mirando a los ojos y James pensó que era como si la gitana hubiera hecho un conjuro para que se conocieran.

¿No sería, después de todo, que Dios lo había puesto en Silver Wolf para estar con ella, con una mujer que tenía cáncer, la misma enfermedad que había matado a su mujer?

–Quiero llevarte al hospital –le dijo de repente–. Quiero estar contigo en el hospital.

–¿Cómo? No –dijo Emily apartándose.

–Entonces, quiero que me prometas que me vas a llamar al día siguiente, en cuanto llegues a casa.

–¿Por qué?

Por el conjuro, por la magia, por los ojos de aquella gitana.

–Porque necesito saber que estás bien y tú necesitas…

–¿Qué necesito?

–Me necesitas a mí –contestó James.

Capítulo Cuatro

Emily tomó aire.

–No, James, no te necesito –contestó–. Te necesité la semana pasada –añadió pensando en el motel.

James se acercó a ella y Emily rezó para que no la tocara porque, cuando lo hacía, no podía pensar con claridad.

–La semana pasada no era el momento adecuado, Emily. No estabas preparada para acostarte con un hombre.

–No quiero hablar de ello.

–¿Por qué? ¿Te da miedo admitir que tengo razón?

¿En qué tenía razón, en que no era el momento adecuado o en que no estaba preparada para acostarse con un hombre?

En cualquier caso, si lo necesitaba, era como amante y no como enfermero.

–Me estás confundiendo.

–Prométeme que me llamarás.

«No», pensó Emily.

No quería matar la chispa que lo había llevado hasta ella convirtiéndolo en su enfermero.

–Voy a ver cómo va la carne –dijo cambiando de tema.

En ese momento, apareció Corey en la cocina con ojos somnolientos de la siesta y el coche que James le había llevado en la mano.

–Hola –saludó.

Emily se alegró de su llegada.

–Hola –contestó James.

–¿Me lo has traído tú? –preguntó el niño refiriéndose al coche.

–Sí, es un Ferrari, uno de mis coches preferidos.

–A mí también me gusta mucho –contestó Corey poniéndose a su lado y jugando con el coche por la encimera.

Mientras, su hermana preparó guisantes, patatas y zanahorias para acompañar la carne y pensó que no recordaba la última vez que había visto a un hombre en su cocina. Seguro que Corey tampoco. Por eso estaba obnubilado con James.

–Emmy dice que eres medio indio –dijo al cabo de un rato mientras James preparaba la ensalada.

–Lo soy.

–¿Eres un Nez Percé?

–No, soy cherokee.

–¿Y eso qué es?

–Otra tribu india.

–Ah.

–¿Y los cherokees también llevan plumas en la cabeza?

–No, pero llevan tatuajes.

–¿De verdad?

–Sí, de hecho nos tatuamos siendo niños.

–¿Ah, sí? Yo también quiero un tatuaje –dijo Corey queriendo imitar a su héroe–. ¿Puedo, Emma?

Emily miró a James suplicándole que la sacara de aquel atolladero, pero él se limitó a encogerse de hombros.

–¿Tú llevas uno? –le preguntó.

–Sí.

–¿Dónde? –quiso saber Corey.

–Aquí –contestó James levantándose el pantalón derecho y mostrándole la pierna.

–¿Qué es?

–Un cuervo.

–¿Por qué un cuervo?

–Porque tienen unos ojos muy potentes que te permiten entrar en el mundo de lo sobrenatural si los miras, como los ojos de la gitana del cuadro de tu hermana.

Emily sintió un escalofrío.

Miró a Madam Myra y luego la pierna de James. El lugar en el que tenía el tatuaje era exactamente el mismo lugar donde ella tenía el lunar que le extirparon.

Emily no habló mucho durante el resto de la noche y no volvió a mirar a James a los ojos. Menos mal que Corey tenía cuerda para rato.

Cuando se fue, se dijo que conocerlo había sido una casualidad, que no era el hombre del que le había hablado Madam Myra; se dijo que las predicciones de la gitana eran una tontería.

Sin embargo, sabía que lo que estaba pasando entre James y ella, fuera lo que fuese, era real, pero pertenecía a una realidad que ella no entendía.

A la mañana siguiente, James entró en la oficina de Tandy Stables y se encontró a Lily Mae Prescott consultando su agenda.

Su jefa era una mujer menuda de piel curtida, pelo cano y voz grave. Además, era la persona más desorganizada que James había visto en su vida.

–¿Te vas a tomar un descanso? –le preguntó mirándolo a través de las gafas, que le caían sobre la punta de la nariz.

–Si no le importa –contestó James, que había empezado su turno más pronto de lo normal para ayudar a los empleados del rancho con las reparaciones del cobertizo.

–Por supuesto que no me importa. Trabajas mucho.

James sonrió.

Lily se dedicaba a alquilar caballos para los turistas y la temporada alta estaba a punto de empezar. Por eso, precisamente, necesitaba un ayudante que organizara el lugar.

–¿Le importa que utilice el ordenador? –le preguntó.

–Claro que no –contestó Lily–. Ya sabes que yo odio esa horrible máquina.

Sí, James ya se había dado cuenta porque, en lugar de tenerlo todo bien ordenado en soporte informático, había tenido que organizar un montón de papelotes.

James se sentó en la otra mesa.

–Lo compré única y exclusivamente porque Harvey Osborn me dijo que me tenía que modernizar, que tenía que tener una página web para anunciarme en Internet.

A James le entraron ganas de sonreír, pero no lo hizo porque sabía que a Lily no le hubiera gustado. Mencionaba a Harvey por lo menos una vez al día.

–No debería haber escuchado a ese viejo jamás.

En aquella ocasión, James sonrió. Cuando Lily lo miró con acritud, se encogió de hombros y comenzó a trabajar.

Se pasó los siguientes diez minutos buscando información sobre los melanomas, intentando entender qué le ocurría a Emily.

Su jefa se levantó para servirse un café y se tomó la libertad de mirar por encima de su hombro lo que James tenía en pantalla.

–¿Qué haces?

–Investigar.

–¿Ahora se llama así cuando un hombre está obsesionado con una mujer?

–Yo no estoy obsesionado –contestó James frunciendo el ceño.

–No mientas. No puedes dejar de pensar en esa encantadora camarera.

Lo cierto era que James se había pasado buena parte de la noche pensando en Emily, recordando su pasado, la pérdida de su esposa, el horror de la enfermedad que se la había llevado.

–Quiero ayudarla, pero no me deja.

–A lo mejor, le estás ofreciendo un tipo de ayuda equivocada. A lo mejor, está harta de preocuparse por la operación y lo que necesita es salir por ahí un rato.

–¿Debería invitarla a salir?

–¿Te da miedo que te diga que no?

–Puede ser –admitió James–, pero creo que podría sobreponerme.

A pesar de lo dicho, a medida que el día fue avanzando, James se encontró cada vez más nervioso. Se sentía como un adolescente que le fuera a pedir a la chica que le gustaba que lo acompañara a la fiesta de graduación.

Por fin, reunió valor y llamó a Emily a la cafetería para decirle que se pasara por las cuadras cuando saliera de trabajar, diciéndole que quería hablar con ella de una cosa.

A Emily no pareció hacerle mucha gracia, pero acabó accediendo.

Llegó a las cuatro y veinte y se dirigió a la caravana en la que vivía, tal y como él le había indicado. Al llegar allí, se cruzó de brazos y se quedó mirándolo.

–¿Quieres tomar algo? –le preguntó James limpiándose las manos en los vaqueros porque las tenía sucias del trabajo.

–No, gracias.

–Yo me voy a tomar un refresco.

–Muy bien. ¿Qué querías?

–Mi jefa cree que debería pedirte una cita –contestó James abriendo una lata.

–¿Por qué?

–Porque cree que te vendría bien airearte un rato.

–No me gustan las citas por compasión.

–Te aseguro que Lily no se compadece de ti, y yo tampoco.

–¿Ah, no?

–No.

No era compasión. Era algo que lo volvía loco, una desesperación que le volvía el corazón del revés.

–Cuando me miras, sólo ves a una mujer con cáncer –dijo Emily mirándolo a los ojos.

–No, veo a una mujer guapa, una mujer que me gusta.

–Ya –dijo Emily en tono sarcástico–. Primero fue mi virginidad y ahora es el cáncer. Tienes mil excusas para no estar conmigo.

James frunció el ceño y se metió las manos en los bolsillos.

–Estoy intentando comportarme como un caballero, estoy intentando hacer todo lo que puedo para no aprovecharme de ti.

–Por eso precisamente lo digo, y no te atrevas a decirme que no estoy preparada para acostarme con un hombre, porque soy lo suficientemente mayor como para saber lo que quiero.

James no supo qué decir, así que se terminó el refresco. La deseaba, ésa era la verdad.

–¿Y qué se supone que tengo que hacer? ¿Dejarme llevar?

–Sí, quiero decir no –suspiró Emily–. Quiero que la primera vez sea bonita, quiero cerrar los ojos cuando mi amante me toque y me tome en brazos.

Al verla cerrar los ojos, James no pudo evitar excitarse. Se acercó a ella y Emily abrió los párpados. Como de costumbre, se quedaron mirando atrapados en uno de aquellos momentos de gran carga sexual.

–Me tengo que ir dentro de veinte minutos –anunció Emily–. Tengo que ir a buscar a mi hermano a la parada del autobús.

–¿Podrías buscar una canguro? –le preguntó James.

–¿Para cuándo? –preguntó Emily emocionada.

–Para esta noche. Quiero que salgamos juntos y... y quiero que te quedes a dormir conmigo.

Emily se llevó la mano al corazón y James sospechó que le latía tan aceleradamente como a él.

–Podría preguntarles a los padres de Steven si les importa que Corey se quede a dormir allí esta noche –contestó Emily–. ¿Estás seguro?

–Sí –contestó James apartándole un mechón de pelo de la cara–. Estoy seguro.

–¿Ya no te preocupa aprovecharte de mí?

–No –contestó él.

No se había olvidado de que tenía cáncer, pero ahora entendía qué tipo de intimidad necesitaba Emily, la intimidad que sólo él podía darle.

–Prometo ir despacio.

Emily apoyó la cabeza en su hombro y James la abrazó. Aquella misma noche sería su amante, el primer hombre con quien se acostaba, el hombre al que había estado esperando.

–¿Qué tal estoy?

Emily se había cambiado de conjunto tres veces y se había recogido y soltado el pelo otras tantas.

Su amiga Diane, la persona con la que había compartido todas sus confidencias desde los diez años y a la que por supuesto le había hablado de James, estaba tumbada en su cama y sonreía encantada.

Se había casado con su amor de la universidad, vivía en una preciosa casa junto al río y estaba embarazada de siete meses. Tenía motivos para sonreír encantada.

–Yo creo que esos pantalones beis con esa estupenda y apretada camiseta negra y las sandalias de tacón te quedan de maravilla.

Emily sopló para apartarse el pelo de la cara.

–Estoy muy nerviosa –confesó.

–Tranquilízate y pásatelo bien. Te va a invitar a cenar, ¿no? A ti siempre te ha gustado salir a cenar por ahí.

–No estoy yo ahora para pensar precisamente en comida. No me puedo quitar de la cabeza lo que tenemos de postre. Tendrías que verlo. No me puedo creer que yo, la pequeña Emmy Chapman, me vaya a acostar con un hombre que lleva un tatuaje y un piercing en el pezón.

–A mí me parece que tiene mucho morbo –sonrió su amiga–. ¿Lo conoces lo suficiente como para fiarte de él? –añadió poniéndosc seria.

No, la verdad era que no porque James jamás hablaba de sí mismo.

–Creo que esta noche lo voy a conocer muy bien –contestó sin embargo.

–Ya lo creo. Bueno, será mejor que me vaya antes de que venga a buscarte –dijo su amiga levantándose de la cama.

Emily la acompañó a la puerta.

–Llámame mañana para contármelo todo –dijo Diane.

–Lo haré.

–Quiero saber hasta los detalles más tórridos –rió su amiga.

–¿Quieres que escriba el *Diario sexual de la pequeña Emmy Chapman*?

–No es mala idea –contestó Diane ya al volante de su coche–. Pásatelo bien.

–Te puedo asegurar que lo voy a intentar –contestó Emily.

Una vez a solas, se dijo que, si por ella fuera, se saltaría la cena y se iría directamente a la cama con James, pero no podía decirle eso.

James llegó diez minutos después, completamente vestido de negro y con el pelo peinado hacia atrás.

Estaba impresionante.

Para colmo, le entregó una rosa de pétalos blancos y rojos.

–La florista me ha dicho que se llama «Fuego y hielo» y me ha parecido curiosa –le explicó mientras ella la olía.

–Gracias –contesto Emily pensando que era la segunda vez que le regalaba flores.

Le hubiera gustado besarlo, pero no tuvo valor para hacerlo.

–¿Tienes todo lo que necesitas? –le preguntó James.

–Sí –contestó Emily señalando la bolsa de viaje que había preparado.

–Entonces, vámonos –sonrió James tomando la bolsa y avanzando hacia su furgoneta.

Emily lo siguió.

Su cita de cena y sexo estaba a punto de empezar.

Capítulo Cinco

A James no le parecía que la cita estuviera yendo muy bien.

Aunque había reservado mesa en el mejor restaurante de la zona y estaban cenando a la luz de las velas, la comunicación entre Emily y él no estaba fluyendo con naturalidad.

James suponía que Emily estaba nerviosa por lo que iba a suceder aquella noche, pero él también lo estaba porque quería estar a la altura de las circunstancias.

–¿Te he dicho lo guapa que estás?

–¿De verdad? Me he cambiado tres veces de ropa –confesó Emily jugueteando con su chuletón.

–Yo he salido de compras –admitió James señalando la camisa que llevaba.

Emily lo miró con los ojos muy abiertos.

–¿Te has comprado ropa nueva para salir conmigo?

–Por supuesto. No quería salir contigo pareciendo un pordiosero.

–Estás guapísimo –le aseguró Emily–. Bueno, siempre lo estás.

–¿Tú crees? –dijo James poniéndose en pie y sentándose junto a ella.

–¿Qué haces?

–Sentarme a tu lado –contestó James.

–Esto es muy pequeño para los dos –rió Emily.

–Ya nos las apañaremos.

Emily se colocó con la espalda apoyada en la pared para poder girarse hacia él y, al hacerlo, sus piernas se tocaron.

–Creo que voy a probar tu chuletón.

–No te va a gustar.

–¿Por qué?

–Porque está muy hecho y tú lo has pedido poco hecho.

–Da igual, hay que probar cosas nuevas y salvajes –sonrió James–. Venga, atrévete –añadió.

–¿A qué, a tomarme un trozo de carne cruda? –dijo Emily acercándose a él y batiendo las pestañas en actitud coqueta–. ¿Te das cuenta de que es mi primera vez, de que soy virgen en esto de la carne poco hecha?

–Déjame que te muestre los placeres de la carne –sonrió James cortándole un trozo de su chuletón.

–Dios mío –suspiró Emily abanicándose la cara con la mano como si se hubiera sonrojado.

Se miraron a los ojos y se rieron, encantados de su chiste personal, de las bromas que estaban compartiendo.

–¿Por qué decidiste venir a vivir aquí? –le preguntó Emily de repente.

–¿Cómo?

–¿Por qué te viniste a vivir a Silver Wolf? –repitió ella untando un trozo de patata con crema agria y ofreciéndoselo.

–Porque soy un tipo nervioso y me apetecía cambiar de aires –mintió James aceptando la patata.

–¿Y por qué a una pequeña población de Idaho?

–Me la recomendó un amigo.

–¿El hombre con el que llegaste?

–Sí, se llama Zack –contestó James dándole una gamba de su plato–. Es la única persona que conozco de Idaho, pero vive en la ciudad.

–¿Lo conoces hace mucho?

–Más o menos –contestó él dando un trago a la cerveza e intentando sonar natural.

–¿Dónde lo conociste?

–En una reunión india –mintió James.

Excepto por el hecho de que los dos tenían sangre india, Zack y él no se parecían en nada.

–Diane Kerr es mi mejor amiga –dijo Emily.

James agradeció que se pusiera a hablar de ella.

–Tiene suerte de tenerte como amiga.

–Yo también tengo suerte de tenerla a ella como amiga. No sé qué haría sin ella.

–Sí, es bonito tener amigos –dijo James sintiéndose muy solo.

–Sí, lo es –dijo Emily probando el arroz de James–. Me alegro de que nos estemos conociendo.

James se sintió culpable. Se estaba haciendo pasar por un buen hombre, por alguien digno de su confianza y no era así. No debería haberla invitado a salir, pero ya era demasiado tarde porque la deseaba con demasiada intensidad.

Y Emily, de momento, lo necesitaba.

Era una mujer inocente y él le iba a robar aquella inocencia, pero aquella noche se necesitaban mutuamente y no debía sentirse culpable.

Tenía que disfrutar del momento aunque sabía que no se merecía a aquella mujer. No debía permitir que su pasado destrozara aquella noche, aquellos recuerdos, aquellas horas en las que Emily iba a ser suya.

James abrió la puerta de su casa y Emily lo siguió al interior con una caja de dulces en la mano.

Habían compartido dos postres riquísimos en el restaurante pues ella era tremendamente golosa, pero James había insistido para que se llevaran los que no habían probado, así que allí tenían todas las tartas de crema, los bollos de chocolate y los dulces de caramelo que había en la carta.

Cuando James encendió las luces, Emily se dio cuenta de que estaba nerviosa de nuevo.

–¿Lo meto en el frigorífico?

–Sí, yo mientras te llevo la bolsa a mi habitación –contestó James.

–Muy bien.

Emily metió los dulces en el frigorífico, tomó aire y se dirigió a la habitación de James, de James Dalton, del que pronto se iba a convertir en su primer amante.

Al llegar, se lo encontró sentando en la cama quitándose las botas.

–Me estaba poniendo cómodo –sonrió.

Emily se preguntó si ella debería descalzarse también. Cuando lo vio ponerse en pie, desabrocharse el cinturón y sacarse la camisa de los pantalones, creyó que el corazón se le salía del pecho.

–Tienes un cajón vacío para tus cosas –le dijo James.

Emily agradeció la oferta pues, aunque sólo iba a pasar una noche con él, hacía que las cosas parecieran más normales, como si estuvieran de luna de miel o algo parecido.

Metió sus cosas en el cajón que James le había indicado mientras sentía su presencia detrás de ella, observándola.

–Qué bonito es eso –comentó.

–¿Esto? –contestó Emily fijándose en el camisón que estaba guardando.

–Sí, póntelo.

–Pero si es para dormir –dijo Emily girándose hacia él.

–Póntelo para mí.

Emily sintió que las piernas le flaqueaban pues, mientras ella guardaba la ropa, James se había desabrochado la camisa y le veía el ombligo y la hilera de vello que nacía en él y se perdía en los confines de sus calzoncillos.

–¿Puedo pasar al baño? –le preguntó.

No estaba dispuesta a desnudarse delante de él.

–Está ahí –le dijo James indicándole la puerta de al lado–. Te advierto que tiene dos entradas, una por aquí y otra por el pasillo, así que no olvides cerrar las dos puertas. Yo también intentaré no olvidarlo.

–Sólo voy a estar aquí una noche –dijo Emily sacando su neceser de la bolsa.

–A mí me gustaría que fueran más.

–¿Más?

–Sí, me gustaría que te quedaras a dormir conmigo más veces.

Emily sintió que el corazón le daba un vuelco.

–A mí, también –confesó–. No tardo nada.

–No te preocupes, no me importa esperarte.

Una vez a solas en el baño, Emily se puso el camisón verde esmeralda y se perfumó con un atomizador de flores. No sabía qué hacer con su ropa, así que la dejó allí bien doblada.

Se miró en el espejo como diciéndose «no

me puedo creer que vaya a hacer esto» y salió. James seguía llevando los pantalones puestos y la camisa abierta.

–El baño está libre si lo necesitas –le dijo.

–Sólo te necesito a ti –contestó James acercándose a ella–. Estás muy guapa.

–Gracias –dijo Emily mojándose los labios.

James le pasó las manos por debajo de los tirantes del camisón.

–No te pongas nerviosa, Emily.

–No lo estoy. Bueno, no mucho.

–Te voy a abrazar –anunció estrechándola entre sus brazos.

Emily se apretó contra su cuerpo y permanecieron así un buen rato, abrazados en silencio.

Cuando la besó, se puso de puntillas y disfrutó de la sensación que le producía sentir su lengua dentro de la boca y su cuerpo apretado contra el suyo. Sentía sus potentes músculos, incluido el de la entrepierna, y la impaciencia se apoderó de ella.

Se imaginó desnudándolo, rompiéndole la ropa y clavándole las uñas en la piel.

–Quiero desnudarte, James.

–Sí, tú me desnudas a mí y yo te desnudo a ti –contestó llevándola hacia la cama.

A pesar de que se moría por verlo desnudo, Emily consiguió controlarse y quitarle los pantalones y la camisa con tranquilidad.

James le recordaba a una pantera, una pantera grande y salvaje. Cuando jugueteó con el pendiente que llevaba en el pecho, lo vio estremecerse.

Emily lo miró encantada.

–¿Te gusta?

–Mucho.

–Eres un depravado, James Dalton.

James sonrió y, en un abrir y cerrar de ojos, se colocó sobre ella.

–Te he estado observando en el restaurante mientras chupabas la cuchara para rebañar el caramelo del postre –le dijo al oído–. Ahora, te voy a hacer lo mismo, te voy a chupar de arriba abajo.

Emily se quedó sin aliento y, cuando James la miró a los ojos, se sonrojó.

–¿Te lo ha hecho alguien alguna vez? –le preguntó.

–No –confesó Emily–, pero yo se lo hice a mi novio del colegio –confesó recordando que había sido después de un partido de fútbol americano–. Fue en el río, ya sabes en el coche, como hace todo el mundo a esa edad.

–No dejas de sorprenderme –contestó James más excitado todavía.

–Sólo se lo hice una vez y terminé con la mano. No quería…

–¿Tragártelo? –sonrió James.

Emily le dio un golpe en el hombro y ambos se rieron.

–No me puedo creer que te haya contado esto.

–Me alegro de que lo hayas hecho –dijo James abrazándola con delicadeza.

Emily disfrutó con los ojos cerrados de aquel momento, de aquella intimidad que estaban compartiendo.

–Te voy a enseñar el placer que da.

Emily abrió los ojos y no pudo negarse.

James le quitó el camisón y siguió la estela de la prenda con los labios y con la lengua. Emily creyó que no iba a poder soportar tanto placer, pero quería mas, quería todo lo que James le ofreciera.

–James –susurró mientras él le quitaba las braguitas y le pasaba la lengua por el interior de los muslos.

Emily se estremeció de placer y, ansiosa, levantó las caderas, lo agarró del pelo y lo urgió a continuar.

Cuando alcanzó el clímax, cuando las oleadas de placer se apoderaron de su cuerpo, se aferró a las sábanas y dejó caer las caderas sobre el colchón.

James la miró. Tenía los ojos cerrados y estaba sonrojada y despeinada. Intrigado, se colocó sobre ella y esperó.

Emily abrió los ojos y lo miró. James pensó que le sentaban bien los orgasmos. La besó y se apretó contra ella. Al instante, Emily se frotó contra su bragueta.

James gimió y se quitó los pantalones y los calzoncillos.

–¿Estás preparada?

–Sí –contestó Emily abrazándolo.

–No te quiero hacer daño, pero la primera vez suele doler.

–Ya lo sé, pero no importa.

–Claro que importa –contestó James acariciándola y rezando para hacerlo bien.

–James, ¿me deseas?

–Más que nada en el mundo.

–Entonces, tómame. Toma lo que quieras –le dijo acariciándole la entrepierna.

James perdió el control. El deseo se apoderó de él y la besó mientras rodaban por la cama.

Emily lo acariciaba con el mismo deseo y James se encontró experimentando la estupenda sensación de sentirse deseado por una mujer.

La colocó en posición y, mientras ella lo miraba expectante, se colocó el preservativo y la penetró.

–Perdón –le dijo al sentir que se tensaba.

–No importa. No pares.

No habría podido aunque hubiera querido.

Emily lo abrazó por la cintura con las piernas y James se introdujo hasta lo más profundo de su cuerpo.

Al cabo de unas cuantas embestidas, se volvió a tensar y James se dio cuenta de que le debía de doler, pero pronto su actitud cambió y comenzó a moverse al mismo ritmo que él.

–Me parece que esto me está empezando a gustar –sonrió.

–¿Ah, sí? –contestó James.

A él, desde luego, le estaba gustando y mucho.

James quería que volviera a alcanzar el orgasmo, así que la acarició en la entrepierna, en el lugar exacto que a las mujeres las vuelve locas.

A él también lo volvió loco.

No podía parar.

Se besaron con pasión y James se dejó llevar por los labios de aquella mujer que le ofrecía todo lo que había echado de menos y todo lo que no le gustaría volver a perder.

Capítulo Seis

Emily se despertó antes de que amaneciera. Había dormido toda la noche abrazada por James y sentía su aliento en pelo.

Por su respiración, juraría que había fumado en algún momento de su vida y se dijo que era curioso lo que se aprendía durmiendo con un hombre.

También estaba aprendiendo cosas sobre sí misma. Por ejemplo, que despertarse desnuda al lado de su amante era una cosa a la que podría acostumbrarse sin problema.

James masculló algo, la atrajo contra su cuerpo y metió la nariz entre su pelo. Emily sabía que le gustaba, se lo había dicho el día que se conocieron.

–¿Estás despierto?

–No.

–Pues hablas como si lo estuvieras –sonrió Emily.

–Sólo a medias. ¿Has dormido bien?

–Como en un sueño –contestó Emily girándose hacia el hombre con el que había hecho el amor y pensando que no podía ser más guapo.

–Tengo que ir al baño –anunció James.

Emily lo observó levantarse y meterse en el baño. Se le olvidó cerrar la puerta, pero se acordó rápidamente.

Aquello hizo que Emily se preguntara si habría vivido alguna vez con alguien. Sí, seguro que había vivido con la rubia a la que ella le recordaba. ¿Debería preguntárselo? ¿Sería la mejor pregunta para su primera mañana juntos?

–¿Te pasa algo?

Su voz la sacó de sus pensamientos. James había vuelto del baño y la estaba mirando.

–No –contestó.

–Parecías preocupada.

–Qué va –mintió–. ¿Nos levantamos o seguimos durmiendo?

James miró la hora que era y volvió a meterse en la cama. Emily sintió que el corazón le daba un vuelco como a una colegiala. James la volvió a abrazar por detrás y apretó su pelvis contra su trasero.

–Mmm –suspiró Emily restregando el trasero contra él.

James carraspeó.

–¿Qué pasa? –dijo Emily–. Oh –exclamó dándose cuenta de repente–. Perdón.

–No pidas perdón, pero atente a las consecuencias –le dijo acariciándole los pezones con los pulgares.

–James... –gimió ella, intentando girar el cuello para besarlo.

–No te muevas –le dijo él metiéndole la mano entre las piernas y acariciándole el clítoris.

Emily creyó que no iba a poder soportar tanto placer. Se dio cuenta de que tenía una cascada corriéndole por los muslos y, justo entonces, James le dijo algo al oído, algo erótico y excitante.

Emily jadeó y estuvo a punto de alcanzar el clímax. Se le nubló la vista y deseó besarlo con todas sus fuerzas, pero era imposible porque James le estaba mordiendo el cuello.

«Como un caballo que va a montar a una yegua», pensó.

Jamás se le habría ocurrido hacer el amor en aquella postura, pero sentía a James contra ella, excitado y duro y dispuesto a disfrutar de lo que era suyo.

James le tomó la mano y la animó a que se tocara ella, a que palpara su humedad, a que extendiera sus fluidos vaginales, mientras él se colocaba el preservativo.

A continuación, la colocó en posición, la tomó de las caderas y se introdujo en su cuerpo con una certera embestida. Sus labios se encontraron por fin con el mismo ardor y la misma pasión carnal que sus sexos.

Emily se volvió loca. Quería que James lo tomara todo de ella, incluso el alma. Quería hacer aquello con él para la eternidad, quería que la volviera loca todos los días.

James le mordisqueó el lóbulo de la oreja y

volvió a excitarla murmurando palabras obscenas en su oído.

Emily sintió que el orgasmo explotaba en su cabeza en forma de fuegos artificiales de colores. Se aferró a los brazos que la tenían agarrada de la cintura, los brazos del hombre que la estaba haciendo gozar como jamás había imaginado.

James emitió un sonido gutural y Emily supo que estaba llegando al orgasmo. Lo besó con pasión y él le contestó con un beso que estuvo a punto de devorarla.

–Perdona –se disculpó James al darse cuenta de que había terminado tumbado encima de ella.

–No pasa nada, me ha encantado. Deberíamos repetirlo.

–¿Ahora?

–Ahora mismo –contestó Emily.

Cuando recuperaron las fuerzas, ambos se rieron.

James se levantó y se dirigió al baño y Emily supuso que era para quitarse el preservativo. Cuando volvió y estaba a punto de meterse en la cama, saltó el despertador.

–No puedo creer que sea ya hora de levantarse –comentó.

Emily se giró hacia él y observó aquel cuerpo glorioso de arriba abajo. Se dio cuenta de que seguía excitado.

–Tú ya llevas un ratito levantado –bromeó.

–¿Quieres desayunar? –sonrió James.

A Emily no le apetecía que aquello terminara ya, pero comprendió que no había más remedio, así que se puso el camisón.

–¿Vas a preparar tú el desayuno?

–¿A estas horas? –contestó James poniéndose unos calzoncillos limpios–. No, yo creo que con un café y un bollo de ésos que trajimos ayer está bien.

–Qué buena idea –contestó Emily.

–Por supuesto. No hay nada para desperezar el cuerpo como la cafeína y el azúcar.

Acto seguido, fueron a la cocina, prepararon lo necesario en una bandeja y desayunaron en la cama.

Hacía mucho tiempo que Emily no se lo pasaba tan bien, que no se sentía tan viva. Aquel día, no era una paciente con cáncer, era una mujer, la mujer de James Dalton.

–¿Cuándo puedo volver a verte? –le preguntó él.

–Siempre que quieras –contestó ella chupándose los dedos manchados de chocolate.

–Tú lo has dicho, espero que no te eches atrás.

–Claro que no –le aseguró Emily.

El domingo por la mañana, Emily, James y Corey estaban en la cocina y Emily estaba luchando con su hermano porque no se quería poner crema para ir a pasar el día con James a Tandy Stables.

–Si no te pones la crema, no vas –sentenció su hermana.

–Huele mal –protestó el niño.

–Me da igual. Vas a estar al sol y ya sabes que tienes que tener cuidado –insistió Emily dándole crema en la cara.

–Esto es una estupidez –dijo Corey arrugando la nariz–. Huele a niña.

–No es una estupidez –intervino James–. Ya sabes que el sol es peligroso, que te puedes poner enfermo.

–Yo, no.

–A tu hermana la tienen que operar, Corey, y tú eres igual de rubio y de blanco que ella. Además, esta crema no huele tan mal –añadió oliéndola.

–Pues póntela tú –lo desafió Corey.

–Muy bien –contestó James dándose crema en la cara y en los brazos.

Emily lo miró encantada mientras hablaba con sinceridad a su hermano. Habían transcurrido dos días desde la maravillosa noche que habían pasado juntos, dos días en los que se habían dado besos a escondidas y habían arañado el horario de trabajo para verse un rato. Corey sospechaba algo, pero Emily no le había confirmado nada pues se avergonzaba de acostarse con un hombre sin estar casada con él.

Por fin, al ver a su ídolo ponerse la crema, el niño accedió a ponérsela él también.

–Pero me la pongo yo –advirtió.

–Muy bien y ahora sube a tu habitación a ponerte las botas –le dijo Emily cuando hubo terminado.

Una vez a solas, James tapó la crema y se quedó mirando a Emily.

–Está confuso.

–Lo sé –contestó Emily mirando a su alrededor.

Aquélla no era la cocina de la casa en la que había crecido porque aquella casa la había vendido tras la muerte de sus padres. Demasiados recuerdos dolorosos…

–No entiende lo que pasa.

–Tú también pareces algo confusa –dijo James acercándose a ella.

–Estoy bien, algo alterada, supongo.

–Sólo quedan cinco días para que te operen.

Emily se tomó un mechón de pelo entre los dedos y comenzó a retorcerlo.

–¿Vas a estar allí? –le preguntó por fin.

–¿Quieres que esté? –dijo James mirándola a los ojos.

«Sí», pensó Emily.

Lo cierto era que quería que la llevara al hospital, que se quedara con ella, que la protegiera.

–No debería importar, no debería necesitarte –contestó.

–Pero nos necesitamos, Emily.

–¿De verdad? ¿Para algo más aparte del sexo? –preguntó nerviosa.

–No lo sé –sonrió James–. Sólo lo hemos hecho una vez.

–Dos –lo corrigió ella dándole un puñetazo en el brazo y riendo–. Te iba a dejar colarte en mi habitación esta noche, pero…

–¿Pero qué?

–Pero he cambiado de opinión.

–¿Te apuestas algo a que no? –dijo James besándola y apretándose contra ella.

Lo había invitado a compartir su cama.

La luna estaba en cuarto creciente allá en el cielo y la brisa mecía las hojas de los árboles mientras James avanzaba sigiloso por el jardín de Emily.

No iba vestido de vaquero sino con pantalones y jersey negros y zapatos de suela blanda, un atuendo que se había puesto muchas veces antes.

Cerró los ojos y tomó aire. ¿Qué demonios estaba haciendo? Iba a entrar en una casa, como en tantas ocasiones, pero aquella vez no iba a robar nada porque en casa de Emily no había nada que robar.

Bueno, sí, su corazón.

«Estás loco», se dijo a sí mismo.

No debía robarle el corazón porque James Dalton no era de verdad. Si Emily se enamoraba de él, se estaría enamorando de una persona que había creado el Gobierno, no de la persona que él era en realidad.

Se recordó que había sido Emily la que le había dicho que le iba a dejar la ventana abierta para que entrara y se convenció de que no estaba haciendo nada malo.

Con el corazón latiéndole aceleradamente, abrió la ventana y se coló dentro con la experiencia de un maestro.

Se quedó en un rincón oscuro observando a Emily, que estaba metida en la cama, mirando el reloj, esperándolo.

Pero él había decidido llegar antes para tomarla por sorpresa y así lo hizo. Con pasos decididos, se acercó a ella y la besó antes de que le diera tiempo a gritar.

Cuando la soltó, se dio cuenta de que jamás había estado tan excitado.

–James, ¿cómo has entrado?

Llevaba un camisón tan minúsculo que era indecente y James sintió que la sangre de todo el cuerpo se le iba a la entrepierna.

–Sabía que me ibas a dejar la ventana abierta.

–Ya, pero no te he oído llegar y... y...

–Y te he besado de repente, no es la primera vez que te beso.

–No, pero nunca lo habías hecho así. Ha sido mágico.

«Ha sido el trabajo de un ladrón profesional», pensó él intentando soltarle el lazo del camisón.

Emily lo observaba con expectación y James le levantó la faldita.

–¿No llevas braguitas?

–Me he debido de olvidar de ponérmelas.

James sonrió y se tumbó sobre ella.

Se volvieron locos el uno al otro como James jamás había imaginado. Él le desgarró el camisón y ella se abalanzó sobre su cremallera y la rompió. A continuación, James se quitó los pantalones y ella le quitó la camisa para morderle el piercing.

James aguantó la mezcla de dolor y placer recordándose que no podían gemir, jadear ni gritar porque no debían despertar a Corey.

Emily bajó la cabeza hasta su regazo y James creyó morir. Se introdujo su miembro en la boca con tanta fuerza que la tuvo que agarrar del pelo para que lo soltara porque si seguía…

Emily levantó la cara un instante, pero siguió con su ocupación un poco más, hasta que por propia iniciativa subió por su tripa hasta mordisquearle de nuevo el piercing.

–Deberías perforarte el otro pezón –susurró.

–Y las cosas que tú haces deberían estar prohibidas.

–Ya sabes que tengo cierta experiencia en estos temas –bromeó Emily terminando la faena con la mano.

–Recuérdame que le dé las gracias a tu novio del colegio antes de partirle la cara.

–¿Celoso?

–Por supuesto.

–¿Te has acordado de traerte un preservativo?

–Sí –contestó James poniéndoselo.

Emily lo invitó a entrar en su cuerpo y juntos cabalgaron como en un sueño. Entrelazaron los dedos y James pensó que aquello era lo que más echaba de menos de tener a una mujer a su lado, los momentos de intimidad. La besó para demostrarle cuánto la necesitaba, pero la necesidad era tan grande que su encuentro terminó en un orgasmo desesperado que los dejó a los dos exhaustos.

Emily se giró hacia él y lo miró con dulzura e inocencia.

–¿Te llamaban Jimmy de pequeño? –le preguntó.

¿Jimmy? James cerró los ojos con fuerza. ¿Cómo lo iban a llamar Jimmy si se llamaba Reed?

–No, siempre me llamaron James –mintió.

–James te queda bien, como James Dean, que era muy guapo también. Jimmy también te quedaría bien. Jimmy Dean... pero ése es el de las salchichas, ¿no?

Los dos estallaron en carcajadas y James pensó en lo fácil que era olvidarse de Reed Blackwood cuando estaba con ella.

–Me parece que éste no es precisamente el mejor momento para ponerse a hablar de salchichas.

–¿Ah, no? –bromeó Emily.

En ese momento, oyeron pasos en el pasillo

y se quedaron de piedra. Esperaron suponiendo que era Corey que iba al baño. Al cabo de unos segundos, volvieron a oír pasos. Corey volvía a su habitación.

–Casi –murmuró Emily.

–Sí –contestó James abrazándola–. ¿Dónde lo tienes? –añadió acariciándole la pierna.

–¿El tumor? En el mismo lugar donde tú llevas el tatuaje.

–Debería estar sorprendido, pero lo cierto es que no lo estoy –dijo James al cabo de unos instantes.

Él no creía en las coincidencias sino en el destino.

–¿Cuánto tiempo vas a estar ingresada?

–Veintitrés horas –contestó Emily.

James la abrazó con fuerza.

–Sabes que voy a estar allí, ¿verdad?

–No estaba segura.

–Te dije desde el principio que quería ir al hospital contigo.

–Sí, pero entonces no me parecía bien, no me sentía cómoda con la idea. Ahora, me alegro mucho de que vayas a estar a mi lado.

–¿Lo dices porque me necesitas?

–Sí, porque te necesito –admitió Emily besándolo y haciendo que el corazón le diera un vuelco.

Capítulo Siete

James estaba sentado en una sala de espera del hospital, mirando fijamente a las paredes, contando los minutos.

Emily no le había dicho que el melanoma podría habérsele extendido a los ganglios linfáticos y él había creído que después de la extirpación del tumor el cáncer habría terminado, pero tal vez no fuera así.

Suspiró ansioso, se levantó, fue hacia las máquinas expendedoras y se compró una bolsa de cacahuetes y un refresco. Suponía que debería haber comido de verdad, pero se le había contraído el estómago.

–¿James? –dijo una voz femenina a sus espaldas.

James se giró esperando ver a una enfermera, pero vio a una mujer embarazada ataviada con un vestido amarillo y estuvo a punto de tropezarse con ella.

–Perdón.

–Eres James, ¿verdad?

–Sí.

–Yo soy Diane Kerr, la amiga de Emily.

James le estrechó la mano.

–Emily me ha hablado de ti –le dijo, calculando que debía de estar de seis o siete meses.

No era un experto, pero su mujer y su hermana habían estado embarazadas mientras huían de la mafia y él había ayudado a traer a los dos bebés al mundo, una experiencia que no quería repetir jamás porque su hijo había nacido fuerte y sano, pero su sobrino había nacido muerto.

–¿Es tu primer hijo? –le preguntó a Diane.

La amiga de Emily asintió.

–Según las pruebas, es niño.

–Enhorabuena.

–Gracias.

–¿Quieres algo? –dijo James señalando las máquinas expendedoras.

–Gracias, pero llevo todo el día comiendo porquerías –contestó Diane–. ¿Qué tal está Emily?

James sintió que el corazón le daba un vuelco.

–Está en quirófano y va a tardar varias horas en salir.

Diane se dirigió hacia una de las sillas de la sala de espera.

–¿Qué tal estaba de ánimo?

–Yo creo que bien.

–Eso es porque estabas con ella.

James también se sentó. No sabía qué decir porque no quería hablar de su relación con Emily. A veces, se sentía como un intruso, un mentiroso, un ex presidario que estaba engañando a una comunidad de personas decentes.

Se preguntó qué pensaría Diane si se enterara de quién era en realidad. ¿Sería tan amable con él? ¿Estaría cómoda en su presencia?

–Emily me dijo que la ibas a traer tú, así que supongo que te he quitado el sitio –comentó.

–No importa. Emily te necesitaba. Si yo hubiera estado en su lugar, habría querido que me trajera mi marido.

James miró al horizonte y tomó aire.

–Yo no soy su marido, Diane.

–No, claro que no –contestó Diane haciendo un gesto con la mano como para quitarle hierro al asunto–, no lo he dicho en ese sentido.

Se quedaron en silencio un rato.

«Al fin y al cabo, no nos conocemos de nada. Somos dos desconocidos atrapados en una situación incómoda», pensó James.

–Quería estar con ella –dijo por fin–, pero no entiendo por qué no me ha contado que hay posibilidades de que se le haya extendido el cáncer a los ganglios linfáticos.

–Aunque sea así, se puede tratar –le aseguró Diane.

James pensó en Beverly, en lo avanzado de su cáncer, en lo poco que había tardado en morir.

–Por lo que he leído, cuanto más fino es el

melanoma menos posibilidades hay de que se extienda al sistema linfático.

–Sí, pero por lo visto Emily está en la frontera y querían asegurarse. Por eso, le van a hacer una biopsia.

–Sí, eso es precisamente lo que me preocupa.

–Es importante que se la hagan

James asintió.

Sabía que el equipo médico que la estaba operando iba a realizar la biopsia en quirófano, que iban a analizar los ganglios linfáticos sobre la marcha para extirparlos, en caso de estar infectados.

De no encontrar nada, harían estudios después de la operación y ya en el laboratorio para asegurarse de que podían dar la enfermedad por terminada.

–Yo creía que operándola se iba a solucionar todo, que quitándole el tumor principal ya estaría todo en orden.

–Todo va a salir bien –contestó Diane.

–Eso espero, pero es que odio esperar –dijo James mirando el reloj y sabiendo que hasta que no viera a Emily sana y salva en casa no iba a estar tranquilo.

–Estoy bien –dijo Emily a pesar de que parecía agotada.

–Acabas de salir del hospital –contestó James decidido a que no se levantara de la cama.

–No soy una niña pequeña.

–Te voy a cuidar como si lo fueras –sonrió James con un nudo en el pecho.

Los resultados de las pruebas que le habían hecho a Emily iban a tardar una o dos semanas en estar disponibles.

–Me tendrías que haber dicho lo de la biopsia, me tendrías que haber advertido con tiempo –le reprochó.

–No se me ocurrió.

–Mentirosa.

–No te pongas pesado –dijo Emily.

–Está bien, pero no me pienso ir hasta que te recuperes –le aseguró.

Había tomado aquella decisión volviendo del hospital.

–Es más cómodo que venir todas las noches después de trabajar.

–No vas a poder dormir en mi habitación cuando vuelva Corey.

–Entonces, dormiré en el sofá –contestó James sentándose en el borde de su cama–. Cuando tu hermano vuelva de casa de Steven, me ocuparé también de él. Seguro que está encantado.

–Claro que sí.

–¿Y tú?

Emily le sonrió de una manera que le llegó al corazón.

–Supongo que también –sonrió acariciándole la mejilla.

James suspiró aliviado. No hubiera podido soportar que lo rechazara en aquellos momentos. Tal vez, no pudiera soportarlo nunca, pero en aquellos momentos no quería pensar en el futuro.

¿Por qué? ¿Porque le daba pánico? ¿Porque James Dalton sería siempre Reed Blackwood y Reed tendría que pasarse la vida entera escondiéndose de la mafia?

–Debería llamar a Corey –anunció Emily.

–Ya lo he llamado yo –contestó James–. El padre de Steven los ha llevado a tomar una pizza y lo traerá a casa dentro de una hora aproximadamente.

Emily tomó el osito de peluche que tenía en la mesilla de noche.

–A Corey le encanta la pizza –dijo Emily dándole a James con el osito en la nariz–. Te presento a Dee–Dee.

James se rió y miró el peluche. Aunque estaba viejo, seguía siendo bonito.

–¿Hace mucho que lo tienes?

–Desde el primer día de la guardería. Me puse a llorar como una loca porque no me quería separar de mis padres –confesó poniéndose triste–. Dios mío, cuánto los echo de menos.

James la miró a los ojos y se dio cuenta de que jamás podría reemplazar a su familia, pero quiso consolarla.

–Háblame de tus padres.

–Eran de Oregón –contestó Emily–, pero se vinieron a vivir a Idaho cuando se casaron. Mi madre era ama de casa y mi padre era electricista.

–¿Electricista? –repitió James pensando en su pasión por la electrónica y su especialidad en sistemas de seguridad–. ¿Tenía empresa propia?

–No, trabajaba por cuenta ajena.

Su pasión le había llevado a trabajar para la mafia desde muy joven, lo que quería decir que no se parecía en nada al padre de Emily porque él no había trabajado ni un solo día de su vida de manera legal.

–¿Cómo se conocieron?

–Ya eran novios en el colegio. Siempre me pareció romántico.

James no dijo nada. ¿Qué iba a decir? Su experiencia en el amor todavía le dolía.

–¿Por qué te llevas tanta diferencia con tu hermano? ¿Por qué esperaron tanto para tenerlo?

–Después de tenerme a mí les hubiera gustado tener más hijos, pero no pudo ser –sonrió Emily–. Cuando se hicieron mayores, desistieron y mi madre se hizo una ligadura de trompas.

James enarcó las cejas.

–A veces, las ligaduras fallan –le explicó Emily–. Corey fue un bebé milagro, un niño que estaba decidido a nacer… cuando murieron, él tan sólo tenía tres años.

–Y tú diecinueve.

–Casi veinte –contestó Emily–. Mis padres fueron a una cabaña de pesca que teníamos en la montaña para celebrar su aniversario y yo me quedé en casa cuidando de Corey. Sólo se fueron para unos días…

James no le preguntó cómo habían muerto porque sabía que se lo iba a contar. Los recuerdos hicieron que la voz de Emily sonara emocionada. James jamás podría contarle sus recuerdos.

–Había habido una fuga de monóxido de carbono en la cabaña, pero ellos no lo sabían. Se quedaron dormidos y no se despertaron jamás.

–Lo siento.

–A veces, es muy duro porque sólo tengo a Corey. Mis abuelos paternos murieron antes que ellos y nunca tuve familia por parte de mi madre porque creció en un hogar de acogida.

A James le hubiera gustado saber cómo consolarla. Emily cerró los ojos y él le acarició el pelo. James sabía lo que era sufrir, llorar, rezar para que la soledad se terminara de una vez.

Le dio un beso en la frente y Emily abrió los ojos.

–La gente de Silver Wolf se ha portado muy bien conmigo y con mi hermano –le dijo–. Cuando perdimos a nuestros padres, nos ayudaron mucho. No sé qué habría hecho sin ellos –añadió mirándolo fijamente–. Tú eres como ellos, James. Has hecho bien en venirte a vivir aquí.

James tenía sus dudas. El programa de protección de testigos tendría que haberlo reubicado en una gran ciudad porque, para un delincuente, vivir en un sitio donde se conocía todo el mundo era mucho más complicado.

Lo que sentía por Emily también era complicado.

–Tienes que descansar –le dijo arropándola.

–Está bien, voy a dormir un rato –contestó Emily cerrando los ojos.

James se levantó.

–No te vayas, quédate conmigo hasta que me duerma –le pidió ella.

–¿Estás segura? No te quiero molestar.

–Estoy segura –dijo Emily.

James se volvió a sentar y la abrazó para que se acurrucara en su costado.

Emily se despertó a la mañana siguiente y se dio cuenta de que había dormido toda la noche del tirón.

Sabía que James había pedido el fin de semana libre, así que tenía que estar por allí, pero no lo veía.

Se levantó y se lavó los dientes, pero no se peinó porque tenía prisa por verlo.

Lo encontró en la cocina, preparando café. Se quedó mirándolo. Llevaba unos vaqueros, pero no vestía ni camiseta ni zapatos.

Cuando se giró para dejar la cafetera en la mesa, Emily le sonrió.

–¿Qué haces levantada?

¿Se daba cuenta de lo guapo que estaba?

–Llevo durmiendo casi catorce horas, así que creo que tenía derecho a levantarme de la cama un rato.

–¿Te has cambiado el vendaje?

–Todavía no.

–¿Quieres que te lo cambie yo?

–No –se negó porque no quería que James viera la terrible herida.

–¿Te duele?

–No –contestó Emily negando con la cabeza–. Me aprieta un poco.

–Siéntate y tómate una taza de té.

Emily lo miró confundida.

–Creí que estabas preparando café.

–He comprado té verde para ti porque se supone que es bueno para los pacientes de cáncer.

Emily suspiró. Sabía que James estaba preocupado por ella y por los resultados de la biopsia. Ella también lo estaba, pero no quería que la tratara como si lo único importante en su vida fuera que estuviese enferma.

–Prefiero café.

–Pues lo siento mucho porque te vas a tomar un té.

–¿Desde cuándo eres enfermero?

James lo miró exasperado.

–Está bien, me tomaré ese maldito té –sonrió Emily.

–Claro que te lo vas a tomar –dijo James cruzando la cocina en dos zancadas y abrazándola.

–Me vuelves loca, James Dalton.

James le acarició la mejilla y la miró a los ojos.

Emily se preguntó si era su ángel de la guarda, un ser de piel bronceada y grandes alas, mitad hombre y mitad cuervo.

–Eres mágico –le dijo.

James no respondió, pero la besó y fue uno de esos besos que a una mujer se le cuelan en el corazón, uno de esos besos con los que Emily había soñado a menudo cuando se imaginaba historias de amor de príncipes a caballo y castillos en tierras lejanas.

Cuando terminaron de besarse, Emily se dio cuenta de que había quedado hechizada.

–Voy a por el té –anunció James.

A continuación, se sentaron uno enfrente del otro en la mesa y desayunaron un sándwich de jamón.

–No está tan mal que te cuiden –sonrió ella.

–Pareces cansada.

–Eso es porque he dormido demasiado.

–Has dormido demasiado porque estabas agotada.

–Tengo tiempo de sobra para recuperarme.

–Sí, vas a tener unas buenas vacaciones.

–De momento, han empezado muy bien –dijo Emily sirviéndose una segunda tostada de jamón con mermelada de fresa.

James sonrió, pero al instante frunció el ceño y Emily se dio cuenta de que estaba pensando en otra cosa... o en otra persona.

–¿Te hizo sufrir?

–¿Qué? –dijo James levantando la cabeza.

–¿La mujer a la que te recuerdo te hizo sufrir?

–No.

–Entonces, ¿por qué ya no estás con ella?

–Simplemente no lo estoy.

–Pero, ¿por qué? –insistió Emily mirándolo a los ojos y viendo su dolor–. Es obvio que la querías.

James dio un trago al café y dejó la taza sobre la mesa.

–No quiero hablar de ello.

–No es justo... –protestó Emily dándose cuenta de repente de la verdad–. ¿Murió? ¿Por eso no estás con ella?

James se quedó de piedra, como una estatua.

–Contéstame –le pidió Emily.

Silencio.

–Maldita sea, James. Contéstame.

–Sí, murió.

–¿De cáncer? Es eso, ¿verdad? Deberías habérmelo dicho.

Ahora, Emily entendía por qué James insistía tanto en cuidarla.

–Lo siento, pero no podía.

Emily sintió ganas de llorar, pero no quería hacerlo delante de él. La verdad era que no le importaba ella sino la otra mujer, la rubia a la que le recordaba.

–No me odies –le pidió.

Emily sabía que jamás podría odiar a aquel hombre, pero su traición le había dolido sobremanera.

–Lo siento –se disculpó James de nuevo.

–Me voy a la cama –contestó Emily poniéndose en pie.

Pero la cocina comenzó a darle vueltas y, cuando caía al suelo, James la tomó en brazos. Allí estaba su ángel de la guarda, tomándola entre sus alas.

La llevó a la cama y Emily ya no pudo más y se puso llorar. James la acunó abrazándola con fuerza y Emily sospechó que estaba tan confundido como ella porque sentía cómo le latía el corazón aceleradamente.

–¿Me miras a mí y la ves a ella?

–Supongo que al principio sí, pero ahora ya no. Sé quién eres tú y sé que te necesito, pero lo que está pasando entre nosotros me da miedo.

A Emily también le daba miedo pues aquel hombre se había convertido en una parte de ella, en una parte de un dolor que no podía negar. ¿Qué haría sin él?

–No me lo tengas en cuenta, Emily.

–Claro que no –contestó ella amarrándolo de la mano por miedo a perderlo–. Prometo no volverte a preguntar por ella, pero quiero que tú a cambio me prometas que algún día me lo contarás todo.

–Te lo prometo –contestó James desviando la mirada.

Capítulo Ocho

Tres días después, Corey ya había vuelto a casa y James y él estaban preparando la cena mientras Emily pintaba un rato.

Estaba tan concentrada en sus bocetos de James que no se dio cuenta de que se había abierto la puerta del estudio y que lo tenía detrás hasta que habló.

–La cena ya está.

Emily cerró el cuaderno a toda velocidad y James no le preguntó nada, pero, si lo hubiera hecho, ella habría mentido porque el James que estaba pintando era un ser fantástico con alas y todo y todavía no sabía si iba a tener valor para pedirle que posara para ella.

–Ya voy –contestó girándose y mirándolo con intensidad.

–No quería hacerte llorar –le dijo de repente.

Emily sintió deseos de apartarle el pelo de la frente.

–Eso fue hace dos días, ya se me había olvidado –sonrió.

–¿Seguro? Pasas mucho tiempo aquí sola.

¿Creía acaso James que eso era porque estaba enfadada y lo estaba evitando? Si supiera la verdad...

–Estoy bien –le aseguró–. Esto de descansar tanto y de que la cuiden tan bien a una es un placer.

–¿De verdad? Entonces, hazme el honor de venir a cenar –sonrió James ofreciéndole el brazo.

–Encantada –contestó Emily aceptándolo y saliendo al porche, donde los esperaba la cena y su hermano de seis años.

Corey se apresuró a ponerle la silla y Emily se dio cuenta de que eso se lo debía de haber enseñado James. Lo estaba convirtiendo en todo un caballero.

–Muchas gracias –dijo Emily sentándose y observando la mesa–. Está preciosa –añadió sinceramente fijándose en las flores y en las velas–. Esto huele de maravilla.

Habían preparado pollo en salsa con guisantes y almendras y ensalada. Emily se puso la servilleta y sonrió al darse cuenta de que en el plato de Corey había un perrito caliente y macarrones con queso.

–Estoy impresionada –declaró, dando gracias en silencio por tener a Corey y a James y por estar viva.

Cenaron en un ambiente distendido y, tras tomarse unas estupendas copas de helado preparadas por Corey, el niño pidió permiso para irse a ver la televisión y Emily y James se quedaron a solas.

James le preparó un té verde, al que ella se había acostumbrado ya, y él se tomó una cerveza.

–¿Te cuesta mucho vivir aquí? –le preguntó Emily.

–¿Por qué iba a costarme?

–No sé, suponía que los vaqueros prefieren estar en un rancho.

–No te creas que soy un vaquero a la antigua usanza –contestó James encogiéndose de hombros.

Viéndolo con su Stetson y sus botas lo parecía, pero lo cierto era que el piercing y el tatuaje parecían más de un chico de ciudad. Emily decidió que con él nunca se sabía.

–Hace una noche estupenda –dijo James mirando al cielo.

–Tú la haces especial –contestó Emily sinceramente.

James la miró a los ojos.

–Me gusta mucho vivir contigo y con Corey.

–Eres una magnífica influencia para él.

–Me gustan los niños. Yo...

¿Él qué? ¿Tenía un hijo en el que pensaba todos los días?

–Yo no tuve un hogar estable –le dijo–. No crecí en una casa llena de amor –añadió sinceramente porque quería que lo supiera.

Emily se levantó y se sentó a su lado.

–Es la primera vez que me hablas de tu familia.

–No hay mucho que contar. Mi madre era

blanca y mi padre biológico era cherokee, pero mi nacimiento le importó muy poco, así que mi madre se divorcio de él y se casó con un blanco asqueroso que me pegaba.

–Oh, James.

–No te preocupes, cuando fui mayor le pegué yo a él. Lo odiaba –recordó mirándose las manos–. La primera vez que me llamó indio de pacotilla, casi lo mato.

–¿Fue entonces cuando te pusiste el pendiente?

James asintió.

–No sabía nada de los indios, pero había oído que había tribus que se agujereaban la piel en señal de sacrificio al Creador y decidí que quería formar parte de aquello, así que me agujereé el pezón con una aguja y me hice un agujero permanente en la piel. Sólo tenía catorce años y necesitaba hacer algo espiritual, algo que mi padrastro no me pudiera quitar.

–¿Quién te habló de los indios?

–El tío de mi mejor amigo. El también era cherokee y tan rebelde como yo. Al principio, a ninguno de los dos nos importaba nuestra herencia genética, pero acabamos muy interesados gracias a su tío.

–¿Te dolió? –le preguntó Emily tocándole el pecho.

–Mucho, y tardó tres meses en curarse.

–Eras un salvaje, ¿verdad, James?

James estuvo a punto de reírse a carcajadas

pues la misma noche en la que había terminado el colegio había robado en casa del director.

–Mi madre solía decir que era peor que el diablo.

–Es horrible que tu madre diga eso de ti.

–¿Incluso si es verdad?

–Pero no lo es, tú eres mi héroe –dijo Emily apartándole un mechón de pelo de la cara.

El cumplido lo hizo hincharse de orgullo, pero lo entristeció a la vez, porque ya no era un chico que diera problemas sino un delincuente en toda regla.

Para no volverse loco, besó a Emily, que era lo único que lo tranquilizaba. Cuando se separaron, la miró a los ojos y decidió que debía contarle la verdad, por lo menos todo lo que pudiera de la verdad.

–Era mi esposa.

–¿Cómo? –dijo Emily confundida.

–La mujer que murió de cáncer era mi esposa.

Emily se quedó en silencio y James esperó a que hablara.

–¿Estabais casados?

–Legalmente, no. Fue una ceremonia privada en la que nos hicimos promesas.

–¿Cómo se llamaba?

No podía decírselo. Para empezar, ya había roto las normas del programa de protección de testigos porque se suponía que James Dalton no había estado casado jamás.

–¿Qué importa ya? Está muerta –contestó sabiendo que Emily no iba a insistir–. Sólo estuvimos juntos unos años. De repente, comenzó a sentirse mal, tenía síntomas que podían ser de muchas cosas, pero nunca se nos pasó por la cabeza que tuviera cáncer de pulmón. No había cumplido veinticinco años y jamás había fumado.

–¿Y entonces? –preguntó Emily con interés.

–Nunca supimos cómo enfermó. Podría haber sido por ser fumadora pasiva o podría haber estado expuesta a niveles altos de radón. Todo el mundo cree que el cáncer de pulmón surge sólo por fumar, pero el radón provoca entre quince y veinte mil muertes al año.

–Sí, lo he leído en algún sitio. Es un gas inoloro e invisible, ¿verdad? Como el monóxido de carbono.

–Sí, pero en lugar de morir en una noche te pasas varios meses sufriendo. Lo que me mata es que yo solía fumar entonces.

–No te martirices, no lo sabías.

–Da igual, sigo siendo responsable en parte de su muerte, como su padre y sus hermanos, que también fumaban.

–¿Hace cuánto tiempo murió?

–Un año –contestó James.

Un horrible y solitario año.

–Siento mucho que muriera. Ahora entiendo por qué te preocupas tanto por mí –sonrió Emily.

–No puedo soportar la idea de perderte a ti también –confesó James.

Emily se sentó en el sofá junto a Diane y frente a la mesa en la que habían dejado la comida, compuesta por sándwiches de jamón y queso, patatas fritas y té con hielo.

–Eres genial, Di –sonrió.

Su amiga le había dicho que llamara directamente al laboratorio para ver si ya tenían el resultado de su biopsia en lugar de esperar a que se los remitieran a su médico, y así lo había hecho.

Las noticias no podían haber sido mejores. El cáncer había desaparecido, no tenía metástasis.

–Me muero de ganas de contárselo a James –confesó.

–¿Qué tal te va con él? –preguntó Diane.

–¿Con James?

–Sí, está viviendo contigo, ¿no?

–Bueno, está viviendo en mi casa hasta que me recupere.

–¿Y?

–Y me ha dicho que lo que está sucediendo entre nosotros le da miedo.

–¿Y qué es lo que está sucediendo entre vosotros?

Emily nunca le había ocultado nada a su mejor amiga, así que se lanzó a poner en palabras lo que pensaba todas las noches.

–Creo que me estoy enamorando de él.

–¿Y él de ti?

–No lo sé –contestó Emily retorciendo la servilleta que tenía en el regazo–. No es fácil saber lo que piensa.

–Seguro que sí. ¿Por qué si no iba a estar tan pendiente de ti?

–Por el cáncer –le recordó Emily.

Por supuesto, le había hablado a Diane de la esposa de James y de cómo había muerto.

–Pero ahora que ya no estás enferma, se va a llevar una alegría. Ahora, podréis casaros y tener muchos hijos, como yo –sonrió su amiga tocándose la tripa.

Emily se imaginó casándose con su amado y llevando a sus hijos en las entrañas y se estremeció de emoción, pero no se quería hacer ilusiones.

–No me digas eso, Di, que me entusiasmo.

–¿Y qué? Me acabas de decir que estás enamorada de él.

–Sí, pero es un hombre complicado.

–Ya, pero tiene un cuerpo estupendo –rió Diane.

–¿Verdad que sí? –sonrió Emily–. Estoy deseando recuperarme para volver a hacer el amor con él.

–Ya verás cómo te va a gustar más ahora que sabes que estás enamorada de él que antes, cuando sólo era sexo.

–¿De verdad?

–Ya lo verás.

Cuando Diane se fue, Emily se quedó soñando despierta con bodas, finales felices y niños corriendo a su alrededor.

James llegó de trabajar a las seis y cuarto, luciendo una camisa descolorida, vaqueros desgastados, botas sucias y una sonrisa arrebatadora.

–Hola –le dijo.

–Hola –contestó Emily siguiéndolo a su habitación.

Se estaba acostumbrando a sus hábitos y sabía que James se duchaba y se cambiaba de ropa en cuanto llegaba a casa.

–¿Y Corey?

–La madre de Steven los ha llevado a ver jugar al fútbol al padre.

–Son una familia genial, ¿verdad? –comentó James.

–Sí –contestó Emily.

«Y nosotros también podríamos serlo», pensó.

–¿Quieres que pidamos una pizza esta noche? –le propuso James.

–Sí –sonrió Emily.

James tomó ropa limpia y se dirigió al baño.

–Ahora mismo vuelvo –dijo dándole un beso.

Mientras James se duchaba, Emily se preguntó si debería decirle que lo amaba. Decidió que sí, pero que no era el momento. Ahora, lo más importante era decirle que los resultados de la biopsia habían sido maravillosos.

–Te tengo que decir una cosa –anunció cuando volvió.

–¿De qué se trata, cariño?

–¡Han llegado los resultados de mi biopsia y estoy completamente curada!

–¿De verdad? –exclamó James–. ¿El cáncer no se te ha extendido a los ganglios linfáticos?

–No.

–Dios mío –dijo James abrazándola con fuerza–. Esto lo tenemos que celebrar, Emily. En cuanto se te cure la pierna, vamos a salir a cenar, a beber y a bailar.

–Y vamos a hacer el amor –concluyó Emily.

–Ésa es mi chica –rió James tomándola en brazos y dándole vueltas.

Emily aspiró el aroma de su champú. Aquel hombre olía a bosque en un día de viento, a humo y a almizcle, a árboles centenarios y a menta y, mientras lo besaba, rezó para que él también la quisiera.

Capítulo Nueve

James sintió que alguien le acariciaba la frente y le retiraba el pelo de la cara. ¿Estaría soñando?

El salón estaba oscuro, apenas iluminado por la luna que entraba entre las cortinas.

¿No estaba viendo la televisión con la cabeza apoyada en el regazo de Emily?

–Me he quedado dormido –dijo dándose cuenta de que seguía en la misma posición.

–Un ratito –contestó ella.

–Deberías ir a dormir.

–Prefiero quedarme aquí.

Lo cierto era que James también prefería que se quedara.

–Entonces, deberíamos cambiar nuestros sitios porque no creo que estés muy cómoda.

–Estoy bien. Me gusta que te apoyes en mí.

«Mi Emily», pensó James.

Su Emily, dulce y perfecta. Había pasado una semana desde que le había dicho que los resultados de la biopsia habían sido negativos y, desde entonces, James daba gracias a Dios todos los días.

–Le voy a decir a Corey que estamos juntos, que somos novios.

James sonrió.

–Te echo de menos, Emily.

Emily se inclinó sobre él y lo besó. Fue un beso cálido y placentero, un beso de pasión, placer y noches de verano.

–Pronto podremos volver a hacer el amor –contestó.

–No me refería al sexo –le aseguró James– sino a dormir contigo, a estar contigo.

–Yo también lo echo de menos. En cuanto le haya dicho a mi hermano que somos pareja, podrás quedarte a dormir conmigo. Quiero contárselo primero porque quiero que lo entienda, no quiero que entre una mañana en mi habitación y nos encuentro durmiendo en la misma cama.

–Qué bien lo estás educando. Corey será algún día un hombre respetable.

–Eso espero.

En el silencio que siguió, James se quedó mirando las sombras que se proyectaban sobre la pared. ¿Estaría la luna jugueteando detrás de los árboles? Cerró los ojos y deseó poder ofrecerle algo más a Emily, poder ser un buen hombre para ella y para su hermano.

Emily le acarició el pelo mientras él seguía con la cabeza apoyada en su regazo. Rara vez había podido pasar momentos así con Beverly pues estaban constantemente huyendo.

–Me sigue dando miedo.

–¿Lo que está ocurriendo entre nosotros?

–Sí –contestó James abriendo los ojos.

Volvió a mirar las sombras de la pared y se dio cuenta de que, efectivamente, estaban cambiando de forma. Le pareció ver un cuervo, pero desapareció rápidamente.

–A mí también –admitió Emily–, pero es un miedo bueno.

¿Bueno? James se preguntó qué tenía de bueno estar con un delincuente.

Se enderezó, encendió una pequeña lámpara que iluminó la habitación y se giró hacia Emily.

–Estaba esperando a que sacaras este tema –dijo ella abrazando un cojín–. Llevo toda la semana rezando para que dijeras algo.

–¿Por qué?

–Porque te quiero.

James sintió que se le encogía el pecho, estaba atrapado entre la ternura y la desazón. Lo cierto era que durante todo aquel tiempo el ladrón que habitaba en él había querido robarle el corazón, lo más valioso que tenía.

–Es culpa mía –le dijo.

–No es culpa de nadie. Simplemente, ha sucedido –contestó Emily–. Diane cree que tú también estás enamorado de mí, pero yo no estoy segura porque contigo nunca se sabe.

A James le hubiera gustado asegurarle que así era, pero se puso en pie y se metió las manos en los bolsillos.

–Ni yo mismo lo sé.

–Sé que has pasado una mala época en la que has perdido a tu esposa y entiendo que no te sea fácil volver a enamorarte.

–Aunque te dijera que yo también te quiero, eso no cambiaría el hecho de que tengo miedo.

Emily lo miró a los ojos.

–¿Me quieres?

No podía mentirle pues ya le había dicho suficientes mentiras, y mentirse a sí mismo tampoco solucionaría nada. No era la primera vez que se enamoraba y sabía cuáles eran los síntomas.

–Sí –contestó.

–¿Me quieres? –repitió Emily.

–Sí.

¿Quería que se lo pusiera por escrito ante notario?

–¿De verdad que me quieres? –insistió Emily mirándolo a los ojos.

–Sí, maldita sea, te quiero, pero me siento como un toro al que van a marcar, así que no hagas movimientos bruscos.

Emily se rió y se puso en pie. Al hacerlo, estuvo a punto de tropezar con la mesa.

–Ten cuidado con la pierna –le dijo James–. Si se te saltan los puntos...

Emily se abalanzó a su cuello y James se dio por vencido. La abrazó y aspiró el aroma de su pelo.

–Esto no cambia nada –le dijo.

–Esto lo cambia todo –contestó Emily apoyando la cabeza en su hombro–. Es un punto de partida, nuestro comienzo.

James la abrazó con fuerza y deseó que así fuera, pero sabía que no podía ser.

¿Qué tipo de comienzo sería aquél si de repente corriera peligro? ¿Qué pasaría si la mafia lo localizaba y James Dalton desaparecía para nunca volver?

James aparcó frente a una hamburguesería que estaba situada entre Silver Wolf y Lewiston. Vio el coche de Zack Ryder y tomó aire.

Llevaba dos días tan nervioso que apenas comía. No tenía a nadie con quién hablar y confiarse más que al policía, que no era precisamente su mejor amigo.

El inspector lo estaba esperando en su coche. James abrió la puerta y entró. Zack se estaba tomando un café.

–¿Quieres tomar algo? –le preguntó.

–No, gracias –contestó James.

–¿Qué pasa? ¿Estás teniendo problemas con la rubita?

James lo miró fijamente. Ya le resultaba suficientemente penoso tener que confiar en el policía como para que, además, le leyera el pensamiento.

–¿Cómo sabes lo de Emily? Nunca te he dicho que estuviera saliendo con ella, ni siquiera te había dicho que vivía en Silver Wolf.

–Qué casualidad, ¿verdad? Eso de que hayáis terminado en la misma ciudad.

–Sí. Parece ser que el Gran Hermano vigila todo lo que hago.

–No te pongas así. Mi trabajo es mantenerte con vida y no lo puedo hacer si no te vigilo.

–¿Eres un indio tradicional? –le preguntó James.

–No –contestó el inspector.

–Yo tampoco.

–Ya lo sé.

Por supuesto que lo sabía. Aquel hombre lo sabía todo sobre él.

–¿Es eso lo único que tenemos en común?

–Probablemente porque a mí no me parece que los inspectores de policía y los antiguos mafiosos sean buenos compañeros de cama –contestó Ryder.

Ambos se rieron. Su relación era absurda y más importante de lo que James creía.

–Se ha enamorado de mí –le dijo James pasándose los dedos por el pelo–. Y yo también la quiero.

–¿Y?

–Y no sé qué demonios hacer. ¿Cómo me voy a embarcar en una relación seria con una mujer que ni siquiera sabe quién soy?

–Claro que sabe quién eres, sabe que eres James Dalton.

–Me siento fatal con tantas mentiras –dijo James mirando hacia el horizonte–. Le he contado a Emily que estuve casado y que mi mujer murió de cáncer, pero no le dicho cómo se llamaba ni le he contado nada de su familia.

–Pero quieres contárselo –comprendió Ryder–. Quieres hablarle de Reed.

James sintió que el corazón le latía aceleradamente. La idea de contarle a la mujer a la que amaba que había sido miembro de la mafia le desagradaba, pero no hacerlo hacía que se odiara a sí mismo.

–Tiene derecho a saber qué tipo de hombres soy.

El policía no estaba de acuerdo.

–Muy bien, te has enamorado de una mujer, fenomenal, pero tienes que considerar el futuro. ¿Y si no sale bien? ¿Y si te casas con ella y al cabo del tiempo te pide el divorcio? ¿Y si haces algo que le molesta? Una esposa despechada podría querer vengarse de ti recurriendo a la mafia.

–Emily jamás haría eso.

–¿Cómo demonios lo sabes? ¿Cuánto tiempo llevas con ella? ¿Un mes?

James se mordió la lengua, pero sabía que Emily jamás lo traicionaría.

–No puedo seguir mintiéndole, no lo soporto.

–Cuando entraste en el programa, ya sabías cuáles eran las normas.

–Si se lo digo, ¿qué haríais? ¿Me echaríais del programa?

–No.

–¿No? –sonrió James.

El policía no sonrió.

–No serías el primer testigo protegido que cuenta la verdad a su pareja y supongo que no serás el último, pero no entiendo por qué os empeñáis en hacerlo.

–Te prometo que le haré entender el riesgo.

–Más te vale.

–También te prometo que te mantendré informado. En cuanto se lo cuente, te llamo.

Ryder, que se había terminado el café, encendió un cigarrillo.

–¿Cuándo se lo vas a contar?

–¿Cuándo? –dijo James nervioso–. Pronto. Cuanto antes.

–¿Hoy? A ver qué te dice porque se va a llevar una buena sorpresa.

James se revolvió incómodo. ¿Qué estaba haciendo Ryder? ¿Intentando que se echara atrás? De repente, el coche se le antojó muy pequeño y tuvo que salir para tomar aire.

Ryder lo siguió al cabo de un minuto y lo encontró apoyado contra el coche porque las piernas apenas lo sostenían.

–Tengo que hacerlo –dijo James.

–Espero que te salga bien, Dalton. Espero que encuentres lo que buscas, paz, redención o lo que sea. Sea lo que sea, espero que te vaya bien.

«Yo también», pensó James mientras maldecía a Reed Blackwood.

James entró en casa de Emily por la puerta de atrás. Tras la reunión con Ryder, había ido a Tandy Stables para ponerse al día con el papeleo y buscar sustituto para un empleado que había enfermado.

–¡James! –exclamó Corey en cuanto lo vio entrar en la cocina.

–Hola, socio –contestó James viendo que tenía las mejillas sucias–. ¿Has estado jugando en el jardín?

–Sí –contestó el niño–. Me he tenido que volver a poner esa estúpida crema de niñas.

–Corbin Taylor Chapman, que no te vuelva a oír quejarte –dijo Emily entrando en la cocina.

Al verla, James sintió que el corazón le daba un vuelco.

Corey hizo una mueca de disgusto y James lo tomó de los hombros para protegerlo, mientras se preguntaba si Emily estaría dispuesta a dejar que un hombre como Reed Blackwood entrara en su vida y la ayudara a criar a su hermano pequeño.

Emily se acercó a él y le dio un beso en la boca provocando las risas del pequeño.

–¿Sabes qué? –dijo mirando a James, que le había colocado su Stetson en la cabeza.

–¿Qué?

–Diane va a dar una fiesta para celebrar el cumpleaños de Emily.

–¿Ah, sí? –dijo James mirando a la homenajeada–. ¿Cuándo es tu cumpleaños?

–El veinte de junio. Me quitan los puntos el viernes, así que para entonces ya estaré bien, casi curada para volver a trabajar.

–Y yo ya habré terminado el colegio –apuntó Corey–, así que podré ayudar con la decoración y esas cosas, ¿verdad, Emmy?

–Efectivamente –contestó su hermana–. Me apetece mucho celebrar mi cumpleaños este año porque tengo muchas cosas que celebrar.

–Claro que sí, todos tenemos muchas cosas que celebrar –contestó James intentando controlar sus emociones.

¿Cómo le iba a hablar ahora de Reed? ¿Cómo le iba a estropear su fiesta de cumpleaños?

Iba a tener que esperar a que hubiera pasado la celebración, así que decidió llamar a Ryder cuanto antes para decirle que el plan había quedado postergado.

–¿Qué quieres para tu cumpleaños?

–A ti –contestó Emily haciendo que se derritiera.

–Qué tontería –intervino su hermano–. No puedes pedir a una persona como regalo, tiene que ser algo que se pueda envolver.

–Pues iba yo a estar muy guapo con un lazo en la cabeza –rió James.

Emily y Corey también se rieron y James

rezó para que hubiera muchos momentos así en el futuro.

Corey, al que ya le habían contado que eran novios, volvió a salir al jardín dejándolos a solas.

–Si quieres, te llevo yo el viernes al médico –se ofreció James.

–Estupendo –contestó Emily mirándolo atentamente–. Sigues teniendo miedo, ¿verdad?

–Estoy bien.

–Últimamente, no duermes mucho.

–Siempre he tenido un poco de insomnio.

–No lo sabía –comentó Emily suponiendo que había muchas cosas de él que todavía no sabía–. ¿Cuándo es tu cumpleaños?

James se quedó mirando al techo.

–El cinco de noviembre.

–Siento mucho que esto sea tan difícil para ti, que estar enamorado te haga sentir incómodo –dijo Emily acercándose a él–. Yo, sin embargo, soy la persona más feliz del mundo. Cuando me he despertado esta mañana, he pensado que jamás he estado mejor.

–¿De verdad?

Emily lo abrazó y se preguntó si lo que él sentía por ella sería igual de fuerte que lo que ella sentía por él. Cuando James la besaba estaba convencida de que así era, pero cuando lo miraba a los ojos siempre tenía miedo de perderlo.

–¿Qué quieres por tu cumpleaños? –le volvió a preguntar James.

–Ya te lo he dicho.

–No, en serio, algo que te pueda comprar –dijo James acariciándole el pelo.

–No quiero nada, de verdad –contestó Emily.

Tenerlo a él ya era suficiente.

–¿La fiesta va a ser aquí o en casa de Diane?

–En casa de Diane –contestó Emily apoyando la cabeza en su pecho–. ¿Por qué no invitas tú a Lily Mae y yo a Harvey? ¿No te parece buena idea reunirlos?

–¿Para que se pasen toda la noche discutiendo? No, no me parece una buena idea.

–A mí sí y, como es mi fiesta, tienes que hacer lo que yo diga.

James suspiró y Emily supo que había ganado, pero sólo de momento porque con él nunca se sabía. Era el hombre al que amaba, pero no había hecho más que empezar a conocerlo.

Capítulo Diez

–Vuelve a explicarme qué hacemos aquí –dijo James abriendo la puerta de la habitación del motel el viernes por la noche.

–Hemos venido porque quiero ver dónde dormiste aquella noche –contestó Emily refiriéndose a la noche en la que se habían conocido.

–Mujeres –suspiró James–. Te llevo al médico a Lewiston y terminamos en el motel en el que nos conocimos –sonrió–. Me has traído aquí para seducirme, ¿verdad?

–Puede ser –contestó Emily mirando la cama.

–¿Puede ser? Pero si acabamos de pagar la habitación.

Emily se rió pues era obvio que los dos estaban ansiosos por hacer el amor, por tocarse y besarse.

–Cuéntame qué hiciste aquella noche cuando nos despedimos.

–¿Qué iba a hacer? Me vine a mi habitación y...

–¿Qué?

–Estuve pensando en ti.

–¿De verdad? –dijo Emily emocionada.

–Por supuesto que sí –contestó James–. Me sentía solo y quería estar contigo, pero sabía que no podía ser.

–Yo también pensé en ti, no podía dejar de hacerlo –recordó ella acariciándole el pelo.

–No nos conocíamos de nada. No habría estado bien que nos hubiéramos acostado aquella noche.

Emily pensaba que, en algunos aspectos, seguían sin conocerse.

–Quiero tener nuevos recuerdos, que los dos los tengamos.

–¿Esto es parte de mi seducción? –preguntó James esperanzado.

–Sí –contestó Emily abrazándolo con ternura.

No habían vuelto a hacer el amor desde antes de la operación y se moría por sentirlo de nuevo dentro de ella.

Le desabrochó la camisa y le besó el pecho. Le pareció que sentía cómo le fluía la sangre por las venas. Su ángel, el hombre que la había cuidado en el peor momento de su vida.

–Contigo siempre estaré a salvo –le dijo.

¿A salvo con un ex presidario, cómplice de asesinato y testigo protegido perseguido por la mafia?

–Eres mi protector, mi guardián.

Al oír aquellas palabras, James se dejó llevar por la ilusión de que fueran ciertas. No quería recordar su pasado, no cuando la mujer a la que amaba lo estaba acariciando porque lo deseaba y él la deseaba a ella.

Le desabrochó la blusa a Emily y le acarició los pechos. Llevaba un sujetador de algodón y encaje de color rosa y se le transparentaban los pezones.

–Te quiero –le dijo.

Pasara lo que pasara, quería que lo supiera.

–Yo también te quiero –contestó Emily.

James se dio cuenta de lo mucho que habían significado aquellas palabras para ella, de lo mucho que necesitaba oírlas.

La tomó en brazos y la depositó en la cama decidido a ser, de momento, el hombre que ella necesitaba, su protector, su ángel de la guarda.

–Esto es perfecto, ¿verdad?

–Sí –contestó James desnudándola para, a continuación, desnudarse él.

Unas vez desnudos, se tocaron y acariciaron sin prisas. Emily le acarició el tatuaje y James le acarició la cicatriz de la operación. Emily le acarició el pecho y James le acarició la entrepierna.

Emily alcanzó el orgasmo de manera dulce y relajada y James observó todo el proceso encantado de darle aquel placer.

–Estás preciosa –le dijo sinceramente.

Sin previo aviso, Emily se sentó a horcajadas sobre él y se apretó contra su erección.

–¿Y ahora cómo te parece que estoy?

–Impresionante –contestó James besándola con fuerza.

Emily tomó un preservativo, se lo colocó y se sentó sobre su miembro.

James esperó extasiado.

Emily bajó un poco, haciéndolo sufrir con la espera.

Desesperado, James la tomó de la cintura y tiró de su cuerpo hacia abajo.

–Más –rugió–. Lo quiero todo.

Emily cabalgó sobre él haciéndolo enloquecer.

James le vio arquear la espalda hacia atrás mientras disfrutaba y pensó que podría haber sido una bruja. No sabía de dónde había salido su magia, pero allí estaba.

James se echó hacia delante y la besó mientras la miraba a los ojos y perdía el alma.

–Es bueno para el espíritu –dijo una voz a sus espaldas.

Se dio la vuelta y vio que era Ned Kerr, el marido de Diane.

–La Naturaleza es maravillosa –añadió Ned señalando el río que se veía desde su jardín.

–Sí que lo es –contestó James fijándose en el reflejo de la luna sobre el agua.

–¿Te lo estás pasando bien?

–Sí, gracias –contestó James sinceramente–. Está saliendo todo fenomenal. Muchas gracias a Diane y a ti por hacerle una fiesta a Emily.

–¿Sabes que va a ser la madrina de nuestro

hijo? –sonrió Ned–. Diane te ha dicho que es niño, ¿verdad?

–Sí, me lo ha dicho. Cuando los cherokees se preguntaban entre sí por el sexo de un bebé se solían decir: «¿Es arco o rodillo?» Arco era que era niño porque los niños indios fabricaban sus arcos y sus flechas y rodillo era que era niña porque las niñas se encargaban de moler el maíz para hacer el pan.

–Entonces, es arco –rió Ned–. No le cuentes a Diane lo del rodillo porque ya sabes que las mujeres se ponen muy picajosas con estos temas del machismo.

–¿Me ha parecido oír mi nombre? –dijo Diane a sus espaldas.

–Esta mujer tiene una antena parabólica –murmuró Ned.

–Te he oído –dijo Diane abrazando a su marido por detrás–. Lo he oído todo.

–Yo, también –apuntó Emily.

Cuando lo miró y sonrió, James sintió que el corazón le daba un vuelco.

–He salido a tomar un poco el aire.

–Sí, y a hablar de las diferentes tareas de los hombres y las mujeres –rió Emily–. Así que yo soy un rodillo, ¿eh?

–No está mal –dijo Diane–. Así, cuando se porte mal, podrás darle.

–Te lo he dicho –dijo Ned–. Esto del machismo les sienta fatal. Con toda la razón, por supuesto.

–Me parece que ha llegado el momento de

que hagamos de celestinas –propuso Emily yendo hacia la casa.

–¿Cómo? –contestó James.

–Con Lily Mae y Harvey –le recordó Emily.

–¿Dónde están?

–En la planta de abajo, cada uno en un rincón, pero los dos mirando a los demás bailar –le explicó Emily guiándolo por la cocina escaleras abajo hasta una sala en la que estaba sonando música country–. ¿Lo ves? –añadió acercándose a la mesa del bufé–. Harvey está ahí y Lily Mae está mirando la colección de música de Ned. Me apuesto el cuello a que se muere por bailar, así que ve a decirle a Harvey que la saque.

–¿Yo? –dijo James tomando una rama de apio con queso–. ¿Por qué no se lo dices tú?

–Porque tú eres un hombre y le puedes decir, por ejemplo, que Lily Mae está muy guapa.

–Te recuerdo que Lily Mae es mi jefa y tiene sesenta y ocho años.

–Pero sigue siendo guapa –dijo Emily arrebatándole el apio.

–Está bien –accedió James–, pero no me eches la culpa si no sale bien.

–Saldrá bien –sonrió Emily empujándolo levemente.

James atravesó la pista de baile en dirección a Harvey, que estaba con los brazos cruzados y vestía, como de costumbre, pantalones anchos con tirantes.

–Hola, Harvey, ¿qué te parece la música? –lo saludó.

–Siempre me ha gustado la música country, ¿y a ti?

–A mí me gusta todo tipo de música –contestó James mirando a Emily, que se estaba comiendo su rama de apio mientras los miraba atentamente–. Lily Mae está muy guapa esta noche.

–A mí siempre me ha parecido demasiado delgada –contestó Harvey mirándola.

–¿De verdad? Pues he visto fotografías de cuando era más joven y era muy guapa –dijo James viendo que Harvey se ponía celoso–. Pero que muy guapa, la verdad.

–Sí, pero está loca.

–Ya, pero seguro que tú podrías domarla. Una mujer como Lily Mae necesita un hombre práctico como tú.

–Supongo que podría hacerlo si quisiera –contestó Harvey hinchado de orgullo.

–Lily Mae no para de hablar de ti.

–¿Ah, sí? ¿Y qué dices? –preguntó el cartero intrigado.

«Que eres un viejo inaguantable», pensó James.

–Bueno, ya sabes, de todo, ya la conoces. Le encanta hablar.

–Eso desde luego.

–Deberías sacarla a bailar.

–¿Ahora? ¿Delante de todos?

–Seguro que bailas muy bien.

–Cuando era joven, era el que mejor bailaba.

–Entonces, adelante –lo animó James dándose cuenta de que Lily Mae los estaba mirando–. ¿Ves? No para de mirarte.

–Lo hago sólo para darle una alegría.

Harvey fue hacia Lily Mae mientras James miraba a Emily y sonreía. Fue hacia ella, que se estaba tomando un sándwich, y se sentaron en el sofá a observar cómo bailaban Harvey y Lily Mae.

–Menos mal que Lily Mae no le ha dicho que no –comentó James.

–Eso es porque le he dicho que Harvey lleva toda la noche intentando reunir valor para sacarla a bailar y que tú ibas a ir a hablar con él para animarlo.

–Eres un diablo. Nos has engañado a todos –sonrió James.

–Sí –contestó Emily batiendo las pestañas y haciéndolo reír.

James miró a la pareja de nuevo.

–Seguro que cuando se termine la fiesta ya están discutiendo.

–Puede ser, pero al menos ahora tienen una oportunidad.

James se preguntó si ellos también la tenían o si Reed destrozaría su futuro.

–Toma –le dijo sacándose una cajita del bolsillo.

Emily la aceptó entusiasmada como una niña y la abrió para descubrir un guardapelo que James había comprado en un anticuario.

–Tiene un mensaje dentro –le dijo.

Emily lo abrió y leyó lo que James había escrito en un trocito de papel.

No podrás apartar la mirada de mí. No podrás volver a pensar... he venido para llevarme tu alma.

–Es parte de un encantamiento cherokee –le explicó acariciándole la mejilla–. Es un embrujo para atraer a la persona amada en el que pienso siempre que nos miramos.

Emily sintió que se le saltaban las lágrimas.

–Te quiero, James Dalton.

–Yo también te quiero –contestó James sabiendo que al día siguiente le iba a tener que decir que ése no era su nombre.

A la mañana siguiente, Emily se despertó y se encontró con que James la estaba observando.

–Hola, bella durmiente –le dijo apartándole un mechón de pelo de la cara.

Emily miró el reloj.

–Todavía es pronto –dijo consciente de que tenían un par de horas por delante para quedarse en la cama.

Corey se despertaría tarde pues había estado jugando en la fiesta con su amigo Steven y debía de estar agotado.

–¿Te apetece un café y una tostada con jamón? –le preguntó James.

–Sí, pero ya lo hago yo porque tengo que ir practicando para cuando vuelva a trabajar –contestó Emily levantándose y yendo a la cocina.

Una vez allí, preparó una cafetera de café fuerte y unas tostadas bien crujientes pues sabía que así era como le gustaban a James. Ya había tomado carrerilla, así que aprovechó para preparar huevos revueltos y adornó la bandeja con unas ramas de perejil y virutas de naranja.

–Eso tiene una pinta estupenda –comentó James cuando volvió a la habitación.

–Me apetecía preparar algo especial –contestó Emily.

Lo cierto era que le gustaba cocinar para él y verlo todas las mañanas en calzoncillos a su lado.

Le dio una taza de café, James lo probó y lo dejó en la mesilla. A continuación, se puso la servilleta en el regazo y probó los huevos revueltos. Emily lo imitó y, cuando se disponía a tomarse el jamón, se dio cuenta de que estaba comiendo más que James.

Distraída, se tocó el guardapelo que James le había regalado y que tenía intención de llevar todos los días de su vida al lado del corazón.

–Tenemos que hablar –le dijo él.

–¿De qué?

–De nosotros, de mí, de nuestro futuro –contestó James dejando el plato en la mesilla.

Emily lo miró a los ojos y, cuando él apartó la mirada, supo que era algo grave.

–Lo siento, Emily.

–¿Por qué? –preguntó ella asustada.

¿Habría cambiado de opinión? ¿Habría decidido que amarla era demasiado complicado y que su relación era demasiado seria?

–Por todo.

–No me hagas esto, James.

–Para empezar, no me llamo James Dalton y no nací el cinco de noviembre. Me llamo Reed Blackwood y nací el dos de septiembre –le explicó–. He sido ladrón porque se me dan muy bien los ordenadores y era miembro de la Familia de la Costa Oeste, una mafia que opera en Los Ángeles.

Emilio lo miró confundida.

–¿Estás de broma?

–Ojalá.

Incapaz de creerlo, tomó su billetera, algo que jamás había hecho antes, y sacó su carné de conducir y su carné de identidad.

–James Dalton –leyó–. ¿Son falsos?

–No, es la nueva identidad que me ha dado el Gobierno.

–¿Eres espía o algo así?

–No, estoy en el programa de protección de testigos, Emily, y ni siquiera debería estar contándote esto.

Emily sintió que el pánico se apoderaba de ella.

–¿Has testificado en contra de alguien?

James asintió.

–¿De quién? ¿De la mafia de Los Ángeles? Eso no existe.

–Sí, sí existe y, si me encuentran, me matarán.

–¿Y estás aquí? ¿En mi casa? ¿Con mi hermano? –le dijo con lágrimas en los ojos.

Le costaba pensar con claridad y el aire no le llegaba a los pulmones.

–¿Corey está en peligro? ¿Lo secuestrarán para llegar hasta ti? –le preguntó.

Y sin esperar su respuesta, corrió a la habitación de su hermano. Cuando abrió la puerta, lo vio durmiendo apaciblemente y se tranquilizó.

–No le harán nada –le aseguró James, que la había seguido–. Y a ti, tampoco.

Emily cerró la puerta de la habitación, se giró hacia él y lo miró a los ojos.

–¿Pero a ti te siguen buscando?

–Sí.

–¿Para matarte?

–Sí.

Emily sintió que las rodillas le flaqueaban y que el corazón se le rompía.

Capítulo Once

Emily se apartó de la puerta de Corey y James se dio cuenta de que era para evitar que el niño oyera su conversación.

–Me tengo que sentar –dijo volviendo a su habitación.

James la siguió sin saber qué decir. Obviamente, la había asustado. Lo cierto era que no era para menos. ¿Quién no se habría asustado?

Emily se sentó en el borde de la cama y se puso a retorcer el cinturón de la bata. James se quedó mirando su desayuno a medio comer, que había estado a punto de terminar en el suelo cuando había salido corriendo hacia la habitación de su hermano.

–Los mafiosos que me persiguen no van a por gente inocente –le dijo para tranquilizarla–. Si hubiera sido así, jamás hubiera iniciado una relación contigo. Jamás os hubiera puesto ni a ti ni a Corey en peligro.

–¿Y tú? No quiero que te maten, James.

–El programa de protección de testigos se encarga de protegerme, pero no se lo puedes contar a nadie. Ni siquiera a Diane.

–No lo haré, lo juro –dijo Emily con lágrimas en los ojos–. Jamás pondría en riesgo tu seguridad.

Se hizo el silencio entre ellos y James se preguntó por dónde debía comenzar. Incómodo, se quedó de pie mientras la cabeza le daba vueltas a toda velocidad e intentaba ordenar las ideas.

–No soy de Oklahoma. En realidad, nací en Austin, Texas, y cuando tenía doce años mi familia se fue a vivir a una pequeña ciudad del campo.

–¿Lo que me contaste sobre tu familia era verdad?

–Lo de que mi padrastro me pegaba era cierto –contestó James metiéndose las manos en los bolsillos.

–¿Y lo de tu madre?

–Eso también, pero tengo una hermanastra de la que nunca te he hablado. Se llama Heather y es blanca, así que no nos parecemos en nada –hizo una pausa para aclararse la garganta–. Es la única persona que me ha querido aparte de mi esposa y... de ti.

–¿Tu mujer existía de verdad?

–Sí.

–¿Y murió de cáncer?

–Sí –contestó James pensando en la tumba a la que nunca había podido ir–. Se llamaba Beverly Halloway y su padre es el jefe de la Familia de la Costa Oeste o, por lo menos, lo era antes de ingresar en prisión. Entonces, sus hijos se hicieron cargo del negocio, pero ellos también me quieran ver muerto.

–¿La familia de tu mujer es la mafia que te quiere matar?

–Nunca aprobaron nuestra relación.

–Pero tú eras parte de la organización.

–Sí, pero desobedecí ciertas instrucciones y dejaron de confiar en mí.

¿Qué diría Emily cuando descubriera que era algo más que un ladrón, que había tomado parte en un asesinato?

–No querían que me casara con la hija del jefe bajo ningún concepto y me advirtieron que no me acercara a ella.

Emily dejó de juguetear con el cinturón de la bata y James se acercó a la mesilla, tomó la taza de café y le dio un trago. Cuando el líquido llegó a su estómago, sintió como si lo quemara y lo volvió a dejar en su sitio.

–Beverly y yo estábamos planeando huir juntos, pero su familia se adelantó. Mandó a un par de matones a mi casa para que me dieran una buena paliza.

Emily agarró su osito de peluche y lo abrazó con fuerza. Aquel gesto infantil hizo que a James le entraran unas enormes ganas de abrazara.

–¿Qué pasó?

–Que hicieron muy bien su trabajo y Beverly me encontró inconsciente. Mi hermana y ella me sacaron de la ciudad y me curaron las heridas y los tres terminamos huyendo.

–¿Durante cuánto tiempo?

–Un año y medio. La mafia envió a un hombre detrás de nosotros con la misión de matarme y de llevar a Beverly de vuelta con su padre.

–¿Y tu hermana?

–Heather no podía volver a casa porque la mafia hubiera dado conmigo a través de ella, así que se quedó con nosotros. Beverly se puso enferma entonces. Todo cambió cuando nos enteramos de que tenía cáncer. Nos dimos cuenta de que todo había terminado.

–Lo siento.

James se apoyó en la cómoda. Todavía quedaba mucho por contar.

–Tengo un hijo, Emily. Beverly y yo tuvimos un hijo.

Emily lo miró fijamente. James esperó en silencio con el corazón latiéndole aceleradamente.

–¿Cómo se llama? –preguntó Emily por fin.

–Justin.

–¿Y dónde está?

–Cuando nos enteramos de que Beverly tenía cáncer, se lo entregamos a mi hermana con la idea de que lo hiciera pasar por suyo. Era la única manera de que la familia de Beverly no se enterara de su existencia y no reclamara su custodia.

–No lo entiendo. ¿No me habías dicho que tu hermana era blanca? ¿Cómo iba a hacer pasar a tu hijo por suyo?

–En aquel entonces, mi hermana salía con

un chico indio y estaba embarazada de él. Cuando se metió en aquel lío por mí, estaba embarazada de pocos meses. Lo cierto era que huía con dos mujeres embarazadas, pero la mafia no lo sabía –recordó James con dolor–. Austin nació primero y, una semana después, nació el hijo de Heather, pero nació muerto. El pobrecito tenía varias vueltas de cordón umbilical alrededor del cuello y estaba morado. No respiraba y no pudimos hacer nada.

–Oh, James.

–Estábamos en una diminuta cabaña en Oklahoma, escondidos, y los dos niños nacieron allí porque nos daba mucho miedo ir a un hospital por miedo a que nos encontraran, pero tendríamos que haber ido.

–Ya no sirve de nada pensar en el pasado, todo eso quedó atrás.

–Lo sé –contestó James recordando el ataúd que le había hecho a su sobrino y cómo lo había enterrado en el bosque.

–¿Y cómo terminó todo eso? –quiso saber Emily.

–Sabía que la mafia jamás se daría por vencida, así que había que seguir huyendo, pero Beverly estaba demasiado enferma para seguir adelante, así que mi hermana la llevó con su padre. Halloway tenía dinero para pagarle los mejores médicos y contratar a una enfermera privada que hiciera que su muerte fuera menos penosa –contestó James mirando por la ventana–. Para entonces, Justin tenía diez meses y mi hermana estaba de acuerdo en ser su madre. Llevó a Beverly a casa y volvió a Texas con su novio, al que le pidió que se hiciera cargo del niño junto a ella, que fingiera que Justin era suyo.

–¿Y él accedió?

–Sí, el novio de mi hermana y yo éramos amigos.

–¿Era el niño cherokee con el que salías de pequeño?

–Sí, éramos como hermanos, así que sé que será un buen padre para mi hijo.

–¿Y Justin nunca sabrá que tú eres su padre?

–No, así lo quise yo. Es mi manera de darle una vida normal, de mantenerlo alejado de los Halloway.

–¿Y cómo ingresaste en el programa de protección de testigos? ¿Cómo escapaste de la mafia?

–Mientras yo seguía desaparecido, el FBI se puso en contacto con mi hermana y ella se puso en contacto conmigo. Los federales me explicaron que me podían proteger, que me podían meter en el programa de protección de testigos. Por supuesto, a cambio de que testificara contra el padre de Beverly y algunos de sus secuaces. Para entonces, Beverly ya había muerto, así que yo sabía que mis acciones no la afectarían.

–Hiciste lo correcto. Por lo que cuentas, esa gente era horrible.

–Yo también era una persona horrible, Emily.

–Seguro que no como ellos.

–¿Cómo lo sabes?

–Porque contrataron a unos hombres para matarte. Tú eres un ladrón, pero no un asesino. Tú jamás harías algo así. Tú jamás le quitarías la vida a otra persona.

Emily se acercó a él y, de repente, James se dio cuenta de que no podía decírselo, no podía admitir que era un cómplice de asesinato. Lo cierto era que tampoco se lo había contado a Beverly, su mujer había muerto sin saber la verdad.

–No te preocupes, juntos saldremos de todo esto –le aseguró Emily.

¿Cómo? ¿Cómo iban a vivir bajo las sombras de su mentira, de aquel pecado que no se atrevía a confesar?

–Te quiero a pesar de todo, James –dijo Emily apoyando la cabeza en su hombro–. Siempre te querré.

James pensó que eso no debería ser así, que Emily se merecía a un hombre mejor que Reed Blackwood y que James Dalton.

La abrazó con fuerza y deseó poderse atravesar el corazón con una estaca. Decidió quedarse aquel día con ella, pero al día siguiente hablaría con Zack Ryder para que lo trasladara lejos de Silver Wolf.

Tandy Stables estaba cerrado. El último grupo de turistas se había ido y los caballos ya estaban guardados.

Zack Ryder y James estaban sentados bajo el porche de cañizo de su caravana y el inspector fumaba como de costumbre.

–Te advertí que no se lo dijeras.

–No me vengas con el «ya te lo dije». Lo único que quiero es que me saques de aquí –contestó James.

–No puedo hacerlo –contestó el policía.

–¿No puedes o no quieres?

Ryder se volvió hacia él.

–No quiero.

El pánico se apoderó de James.

–No puedo seguir viviendo aquí, no puedo mirar a Emily a los ojos sabiendo la terrible mentira que hay entre nosotros –dijo dando un trago de la cerveza que tenía en la mano–. Tienes que llevarme a otro sitio.

–No tengo que hacer nada. ¿Acaso te rechazó? ¿Te ha amenazado con contarlo? ¿Se lo ha dicho a sus vecinos? No, esa mujer te quiere y está dispuesta a ayudarte.

–Eso es porque cree que no soy un asesino –protestó James.

–Y no lo eres.

–¿Ah, no? ¿Estuve en la cárcel por nada?

–Estuviste en la cárcel porque un juez federal decidió que debías cumplir condena antes de testificar.

–Vaya, y yo creyendo que había sido porque cometí un delito.

–No te hagas el listo conmigo.

–Estuve implicado en un asesinato –le recordó James.

–Sé perfectamente en lo que estuviste implicado.

–Sí, se me olvidaba que el gran Mago de Oz lo sabe todo.

–Y el León cobarde no es capaz de enfrentarse a la mujer a la que ama. Pobrecito, él lo que quiere es irse a casa, pero, ¿sabes qué? Estás en casa.

–Eres un canalla, Ryder –dijo James terminándose la cerveza.

–Te recuerdo que soy el tipo que te dejó romper las normas.

«Sí, y yo soy el tipo que se está muriendo por dentro», pensó James.

–Cuéntale el resto de tu historia, Dalton.

–No puedo.

–Sí, sí puedes –insistió el policía encendiéndose otro cigarrillo–. Cuéntaselo todo y, si se muere de miedo, prometo sacarte de aquí.

–Si no lo haces, me iré yo –advirtió James.

–Te he dado mi palabra y la cumpliré, pero tú tienes que cumplir la tuya. Tienes que hablar con ella.

Un buen rato después de que el policía se hubiera ido, James entró en la caravana y se puso a pasear por el salón. Al final, marcó el número de teléfono de Emily, que contestó al primer timbre.

–Soy yo.

–Menos mal, estaba empezando a preocuparme.

–Ya te dije que hoy tenía mucho trabajo.

–Sí, pero...

James se maldijo a sí mismo por hacerla sufrir. Emily no había dormido bien aquella noche, se la había pasado dando vueltas y se había despertado antes que él con unas terribles ojeras.

–¿Sigue Corey en casa de Steven?

–Sí, pero tengo que ir a buscarlo dentro de un rato.

–¿Te importaría preguntarles a sus padres si se puede quedar un poco más?

–¿Por qué? ¿Qué pasa? –preguntó Emily nerviosa–. Estás muy raro.

–No pasa nada, pero quiero hablar contigo.

–¿Dónde?

–Aquí.

–¿En las cuadras? No entiendo por qué no podemos hablar en casa.

–Ésta es mi casa, yo vivo aquí –le recordó James.

Quería que Emily tuviera la opción de irse si decidía que no merecía la pena seguir con él.

Emily llegó al poco rato y James sintió unos tremendos deseos de abrazarla, pero en lugar de hacerlo le indicó que se sentara en el sofá.

Emily se sentó en el borde del sofá, dejando de manifiesto que estaba muy nerviosa.

A pesar de que James le había dicho por teléfono que todo iba bien, presentía que había ocurrido algo terrible.

–¿Te has parado a pensar por qué pude testificar contra la mafia? –le preguntó James.

–Supongo que porque sabrías cosas de ellos –contestó Emily–. Delitos.

–Tenía los detalles de un asesinato, una operación en la que estuve implicado –confesó James viéndola palidecer–. Cumplí un año de presión por ello, acusado de cómplice de asesinato.

Emily sintió que se quedaba sin aliento. Aquel hombre no podía ser un cómplice de asesinato. Aquel hombre la había tratado con ternura y cariño, la había ayudado en su batalla contra el cáncer y se preocupaba sinceramente por su hermano.

–Me habías dicho que habías estado en la cárcel, pero yo creía que...

–¿Que había sido por robar? También tuve que cumplir condena por eso, sí.

–¿Por qué, James? ¿Por qué tomaste parte en un asesinato? –quiso saber Emily mientras la habitación le daba vueltas.

–Porque eso fue lo que la familia me dijo que tenía que hacer.

–No puede ser así de sencillo –protestó Emily con lágrimas en los ojos–. Cuéntame qué pasó.

–Lo que pasó fue que la situación se me fue de las manos –contestó James paseándose nervioso–. La familia de la que estamos hablando no es italiana, pero se organiza como si fuera la mafia siciliana. Empecé proporcionándoles equipos de vigilancia a uno de sus tenientes y terminé convirtiéndome en soldado.

–¿Soldado?

–Sí, es el nivel más bajo dentro de la jerarquía.

–Me parece estar oyendo el diálogo de una película –dijo Emily sacudiendo la cabeza.

–Aunque no lo creas, tengo un coeficiente intelectual muy alto, pero debo de ser más tonto de lo que creía –rió James con amargura–. De lo contrario, no me explico cómo me vi participando en un asesinato. En cualquier caso, la Familia de la Costa Oeste no es ninguna tontería. Tienen contactos muy importantes con gente de la industria cinematográfica y viven en mansiones a las que invitan a los ricos y famosos.

–¿Y no te diste cuenta de que eran peligrosos?

–Claro que sí, pero a mí siempre me gustó el peligro, me gustaba ser parte de la mafia de Hollywood, pero aquello terminó cuando pusieron a prueba mi lealtad.

–¿Qué ocurrió?

–Me llamaron al despacho del jefe y Denny Halloway me dijo que tenía un trabajito para mí.

–¿El padre de Beverly?

–Sí, pero entonces yo ni siquiera conocía a

Beverly, no sabía que aquel hombre tuviera una hija. Supuse que el trabajo en cuestión sería un robo porque todo el mundo sabía que los sistemas de alarma eran mi especialidad. Sin embargo, cuando Halloway dijo que había que hacerlo en unas horas, me di cuenta de que algo no iba bien porque un robo no se planea en un día.

Emily esperó que continuara, temerosa de lo que iba a oír.

–El objetivo era un hombre llamado Caesar Gibbons, un narcotraficante que había engañado a Halloway. Como siempre iba rodeado de guardaespaldas, habían planeado un golpe en plena calle con un coche para huir. Sabían en qué restaurante iba a cenar aquella noche y el plan era que, cuando saliera y se dispusiera a subir a su limusina, le dispararan desde un coche –le explicó James muy tenso–. Yo tenía que conducir otro coche, que debía chocarse «accidentalmente» contra cualquiera que quisiera seguir al primero, desde el que habían disparado.

–¿Por qué no llamaste a la policía?

–No tuve tiempo. Me pasé el resto del día con Halloway y los pistoleros y, además, había una parte de mí que se negaba a creer que aquello fuera cierto.

–Pero lo fue.

–Sí, pero yo no cumplí con mi parte. No pude hacerlo. Alguien del entorno de Gibbons siguió al primer coche y yo no hice nada para impedirlo porque lo cierto era que quería que los atraparan.

Emily lo miró a los ojos y vio que estaba sinceramente arrepentido.

–¿Y los atraparon?

–No, pero yo estaba tan nervioso que di un volantazo y ocasione un accidente de todas maneras. Una señora mayor se estrelló contra mi coche y un tercer coche se estrelló contra el suyo. Me quedé allí para rellenar los papeles, como un conductor inocente que se ha visto involucrado en una situación que lo supera. En aquel entonces, la policía no tenía ni idea de que yo estaba metido en todo aquello y no les dije nada, no les conté la verdad.

–Pero se lo contaste después.

–Sí, cuando el FBI me ofreció un trato. ¿Qué tipo de hombres soy? Soy un canalla, Emily.

Emily se levantó y fue hacia él, pero James la rechazó. No quería que lo tocara, no quería que lo perdonara.

Capítulo Doce

James sabía lo que estaba sucediendo.

A pesar de lo que había hecho, Emily lo seguía queriendo, pero su lealtad y su amor no hacían más que demostrarle lo egoísta que era con ella.

–No me apartes de ti –le suplicó ella.

–¿Cómo puedes seguir queriéndome?

–¿Quieres que te castigue? ¿Quieres que te juzgue? Ya has pagado por tus errores, ya has cumplido tu condena en la cárcel y has testificado contra la mafia.

–¿Te haces una idea de la vida que te espera a mi lado?

–Estoy deseando averiguarlo –contestó Emily mirándolo a los ojos.

–Deberías pensártelo –dijo James sentándose, pues le temblaban las piernas–. Mi vida está llena de mentiras. La última vez que vi a mi hermana, cuando nos despedimos, no le dije que tenía que ingresar en prisión sino que le dejé creer que el programa de protección de testigos me iba a llevar a un lugar seguro inmediatamente.

–¿Para que no se preocupara por ti? ¿Y qué hay de malo en ello?

–Tampoco le conté a mi esposa que me vi involucrado en un asesinato. Beverly sabía que quería dejar la organización de su padre, pero no tuve el valor de admitir lo que me había abierto los ojos.

–Lo hiciste para protegerla.

–Lo hice para protegerme a mí mismo porque me daba miedo que dejara de quererme si sabía la verdad.

–Pero entre nosotros es diferente. Estás siendo sincero conmigo.

–Sí, pero he estado a punto de irme. Si no hubiera sido por el policía que cuida de mí, ahora mismo estaría en otro lugar.

Sorprendida, Emily dio un paso atrás.

–¿Cómo sé te ha pasado eso por la cabeza?

–Tenía miedo de que dejaras de quererme, tenía miedo de perderte.

–No me has perdido. Estoy aquí.

James la miró y la vio más vulnerable que nunca.

–Piénsatelo, Emily. Si te conviertes en mi esposa y la mafia me encuentra, el programa tendrá que sacarnos de aquí a toda velocidad y tú, al igual que yo, tendrás que cambiar de nombre y convertirte en otra persona.

Emily se estremeció.

–No volverías a ver a Diane, Corey no volvería a ver a Steven y ni siquiera podrías volver a visitar las tumbas de tus padres. Tendrías que destruir incluso las fotografías de tu infancia, adiós a tu vida.

–¿Y si nunca te encuentran? Entonces, podríamos vivir aquí tranquilamente y...

–No merece la pena que te arriesgues por mí –la interrumpió James–. No merezco la pena.

–No digas eso –dijo Emily cruzándose de brazos–. ¿No esperarás que te deje de querer y que te deje partir?

–Lo que quiero es que consideres la situación y que pienses en lo que es mejor para tu hermano.

–¿Por qué me haces esto?

–Porque mi vida puede terminar haciéndote sufrir. Hasta ahora, lo único que me importaba era que me quisieras y que me perdonaras por los delitos que he cometido, pero también tenemos que tener en cuenta tu futuro y el bienestar de Corey.

–Me dijiste que nunca le harían daño, que estaba a salvo.

–Y lo está, pero, ¿cómo se sentiría si un día llega alguien y me pega un tiro en la nuca?

Emily se estremeció.

–No digas eso.

–¿Por qué no? Sabes que puede pasar –dijo James poniéndose en pie–. ¿Por qué no has dormido bien esta noche?

–Porque estaba preocupada –reconoció Emily mirando por la ventana.

–¿Por qué?

–Por ti.

–¿Porque me quieren matar?

–Sí, pero creo que es normal. Me acababa de enterar. No pretenderías que durmiera como una bendita, ¿verdad? –dijo secándose el sudor de las manos en la falda.

–No, claro que no –contestó James deseando abrazarla–. Tenemos que dejar de vernos durante un tiempo.

Emily lo miró furiosa.

–¿Para que te vayas sin despedirte de mí?

–No me voy a ir –le prometió James sinceramente–. Si seguimos juntos, sé que aportará cosas buenas a mi vida, pero yo no creo que tú puedas decir lo mismo de mí.

–James...

–Vete a casa, Emily, ve a tus amigos, habla con tus compañeros de trabajo, mira tus álbumes de fotos y ve a poner flores en las tumbas de tus padres –hizo una pausa buscando efecto–. Y, luego, imagínate tu vida sin todo eso.

–¿Quieres que también me imagine poniendo flores en tu tumba?

–Yo creo que eso ya lo has hecho –contestó James mientras Emily se alejaba.

Corey siguió a Emily con un ramo de flores en cada mano. No entendía muy bien por qué su hermana estaba tan nostálgica aquella semana, pero aun así había visto los álbumes de fotos con ella y se había reído con las imágenes de sí mismo siendo más pequeño, y ahora estaba en el cementerio visitando las tumbas de sus padres.

Hacía siete días que Emily no veía a James y no dormía bien desde entonces. Se decía una y otra vez que no tenía dudas, que podría irse de Silver Wolf si fuera necesario, pero no era cierto.

Saber que la mafia quería ver muerto al hombre al que amaba la llenaba de terror.

–Es aquí –dijo el niño dejando las flores sobre las lápidas–. ¿Nos ven?

–¿Quién? ¿Papá y mamá? –dijo Emily arrodillándose ante las tumbas de sus padres–. Sí, claro que sí, nos ven desde el Cielo –añadió preguntándose qué estarían pensando sus padres de su relación con un ex presidiario.

Estuvieron unos minutos en silencio. Transcurrido aquel tiempo, Emily se puso en pie, arrancó una margarita de uno de los ramos y jugueteó con ella mientras pensaba en James.

–¿Nos vamos? –le preguntó su hermano.

Emily asintió.

–¿Para qué has arrancado esa flor? –quiso saber el niño mientras salían el cementerio.

–Para dársela a Lily Mae.

–¿La jefa de James?

–Sí.

–¿Vas a ir a verlo hoy?

–No, hoy no voy a ver a James. He quedado con Lily Mae para ir de picnic.

–Ten cuidado con el sol.

Emily le acarició el pelo a su hermano, emocionada por su preocupación.

–Yo he quedado con Steven para hacer galletas con su madre –le informó Corey–. La madre de Steven dice que deberías casarte con James, y Steven y yo creemos lo mismo. Queremos ponernos esos trajes con corbata y comer tarta y esas cosas.

Emily sintió que el corazón se le subía a la garganta.

–¿Es ésa la única razón por la que crees que James y yo nos deberíamos casar?

–No, me gustaría que James fuera mi padre o mi hermano o... ¿qué sería si te casaras con él?

«Mi marido, mi compañero, el hombre al que la mafia quiere matar. Dios mío», pensó Emily.

¿Sería capaz de seguir con él? ¿Sería capaz de vivir con aquel miedo y aquel dolor?

Ignorando la pregunta de su hermano, lo llevó a casa de Steven y ella se dirigió a casa de Lily Mae, que la estaba esperando en el porche con un vaso de limonada. Emily le dio la margarita, que la mujer se colocó en la oreja.

–¿Nos vamos? –sonrió.

–Vamos –contestó Emily.

No tardaron mucho en encontrar un bonito lugar en la finca de Lily Mae y se sentaron a comer.

–Esto es maravilloso –comentó Emily mirando a su alrededor–. Echo mucho de menos estar al aire libre.

–Sí, la naturaleza nos hace sentir bien –contestó Lily Mae–. Por cierto, te sienta bien ese sombrero de paja.

Emily sonrió encantada y le pasó un plato de pollo con ensalada de patatas.

–¿No me vas a preguntar por él?

–¿Por quién?

–Por James.

Emily sintió que el estómago le daba un vuelco. Llevaba una semana pensando en él a todas horas, pensando en aquel hombre cuya vida pendía de un hilo.

–¿Qué tal está?

–Trabajando sin parar para mantenerse ocupado, pero no está de buen humor. Sospecho que habéis tenido un problema.

Emily no podía contarle la verdad, como no había podido contársela a Diane. Eso era precisamente lo que James le había advertido. Estar con él significaba tener secretos.

–Prefiero que hablemos de Harvey.

–¿De Harvey? ¿Por qué íbamos hablar de ese viejo?

–Porque bailaste con él en mi fiesta.

–Sólo fue un baile, no significó nada.

–¿De verdad? Me han dicho que también disteis un paseo esa noche.

–Un paseo muy corto.

–James cree que Harvey y tú estuvisteis enamorados en el pasado.

–¿Ah, sí? –dijo Lily Mae sorprendida–. Yo creía que nadie lo sabía –añadió con un suspiro.

–No creo que nadie más lo sepa, sólo James.

Lily Mae se quedó mirando los árboles.

–Yo venía de un entorno de mucho dinero y la familia de Harvey era muy pobre. Aun así, cuando me sonreía en la ciudad, se me aceleraba el corazón.

Emily asintió. Conocía ese sentimiento.

–Mis padres eran algo esnobs y querían que me casara con un pretendiente que ellos habían elegido –siguió Lily Mae.

–¿Y tú estabas de acuerdo?

–Sí. No tuve fuerzas para enfrentarme a mis padres, sobre todo a mi madre, que era una mujer muy exigente. Un mes antes de la boda, me fui al río. Era tarde, más de medianoche, y quería estar sola, pero Harvey andaba por allí.

Emily intentó imaginarse a Harvey y a Lily Mae de jóvenes, pero se imaginaba a James y a ella.

–¿E hicisteis el amor?

–Sí, aquella noche y todas las demás. Nos veíamos en el río, pero no se lo dijimos a nadie.

–¿Y qué pasó?

–No tuve valor para contárselo a mis padres, así que me casé con el hombre que ellos habían elegido. Harvey se quedó destrozado, se enroló en el ejército y, luego, volvió a Silver Wolf y se puso a trabajar de cartero. Yo me divorcié y me casé con otro hombre. Me he casado tres veces.

–Pero nunca con él.

–No, nunca con Harvey. Para cuando mi tercer matrimonio terminó, ya estaba harta de los hombres.

–¿Y ahora?

Lily Mae se sonrojó como una colegiala.

–Ahora me veo a escondidas con Harvey. ¿Qué te parece? Dos viejos locos besándose a la luz de la luna.

–Me parece muy romántico –contestó Emily sinceramente.

–¿De verdad? Nos avergüenza que la gente se entere de que estamos saliendo juntos.

–Pues no debería ser así porque os habéis ganado el derecho a ser felices. ¿Te arrepientes de todos los años que habéis estado separados?

–Sí, más de lo que te puedas imaginar. No hay nada peor en el mundo que echar de menos al hombre al que amas –contestó Lily Mae con tristeza–. Nada.

Emily apareció como en una nebulosa, con su sombrero de paja y su pelo rubio al viento.

James sintió unas inmensas ganas de tocarla, pero se contuvo. Sentía que el corazón le latía aceleradamente y se moría por hacerle el amor. Cuánto la echaba de menos.

Se quedaron mirándose a los ojos.

–Mereces la pena –dijo Emily.

–¿Cómo lo sabes? –preguntó James nervioso.

–Porque he hecho todo lo que me dijiste que hiciera. He evaluado todos los aspectos de mi vida.

–¿Y Corey?

–Mi hermano te adora.

–¿Y si un día nos tenemos que ir de aquí? Éste es tu hogar, has crecido aquí.

Emily se acercó a él.

–El hogar de uno está dónde están sus seres queridos, James.

–¿Y tus recuerdos? ¿Y las fotografías de tus padres?

–Mis recuerdos no me los podrá robar nadie, pase lo que pase, y siempre recordaría a mis padres, aunque no pueda mirar sus fotografías.

James quería estar realmente seguro.

–¿Y si me matan?

–Prefiero no pensarlo.

–Pero no podemos ignorarlo, es una posibilidad.

–Lo sé, pero tampoco nos podemos pasar todo el día hablando de ello.

–Tienes miedo –dijo James viéndoselo en los ojos.

–Por supuesto que tengo miedo, pero tengo que confiar en que el programa de protección de testigos te mantenga a salvo. Lily Mae me ha dicho que no hay nada peor en la vida que echar de menos al hombre al que amas, y tiene razón. Esta semana te he echado tanto de menos que casi me vuelvo loca –le dijo con voz trémula–. Quiero que formes parte de mi vida pase lo que pase.

–Oh, Dios mío –dijo James dando un paso al frente y abrazándola–. Me avergüenzo de mi pasado.

–Lo sé.

–Engañé a la sociedad.

–Yo confío en ti y siempre lo haré –le aseguró Emily sinceramente.

–Te mereces a un hombre mejor que yo, te mereces a alguien que no haya estado en la cárcel.

–Deja eso ya.

James no era el príncipe azul con el que soñaba siendo una adolescente, pero era su protector, el hombre de carne y hueso que Dios le había puesto en su camino.

–¿Me sigues queriendo, James?

–Sabes que sí.

–Entonces, demuéstramelo.

–Cásate conmigo –le pidió James besándola.

–¿Cuándo? –preguntó Emily besándolo también.

–Ahora.

–¿Ahora mismo?

–En cuanto lo arreglemos todo –sonrió James.

Epílogo

En el día más importante de su vida, James estaba junto a Zack Ryder, ambos vestidos de esmoquin y esperando en la puerta de la diminuta capilla de Silver Wolf.

Los alrededores estaban llenos de flores y el sol había comenzado a bajar pintando el cielo estival con pinceladas de oro, naranja y azul.

–Estás muy bien, Dalton –le dijo el policía.

James le había pedido que fuera su padrino. Qué ironía. A un policía federal.

–Tú tampoco estás mal.

–¿Cómo? Estoy estupendo.

James sonrió.

–Para lo mayor que eres, lo estás.

El inspector lo miró con dureza, pero era sólo una pose porque sus ojos lo miraban divertidos.

–Ten cuidado, jovencito, porque podría darte una buena paliza cualquier día de éstos.

–Cualquier día, pero no hoy. Hoy no quiero peleas.

Ryder asintió y se quedaron en silencio, observando una ardilla que trepaba por un árbol cercano.

–Tengo noticias de tu familia –dijo el policía por fin.

–¿De mi hermana? –preguntó James con el corazón en un puño.

–Son buenas noticias. Se casó con su novio hace aproximadamente un año y están esperando su segundo hijo.

–¿Y su primer hijo? –preguntó James.

–Me han dicho que está enorme –contestó Ryder haciendo el amago de encenderse un cigarrillo, pero cambiando de idea en el último minuto–. Son muy felices.

James sintió que se le saltaban las lágrimas.

–Me gustaría que les dijeras que yo también lo soy.

–¿No prefieres hablar tú con tu hermana por teléfono personalmente?

–Es más fácil que lo hagas tú por mí –contestó James.

Si hablaba con Heather sobre Justin, lo único que iba a conseguir iba a ser echar todavía más de menos a su hijo.

–Déjalo en mis manos –dijo Ryder.

–Gracias. Te prometo que todo va a salir bien, que no lo voy a fastidiar.

–Claro que sí, y yo te prometo que el programa de protección de testigos va a hacer todo lo que esté en su mano para que jamás te ocurra nada –contestó el policía mirando el reloj–. Será mejor que entres, ya va siendo la hora.

La capilla estaba llena de amigos que habían acudido aquel día especial, testigos de la unión de James y Emily. Allí estaban, en primera fila, Lily Mae y Harvey. Corey, encargado de llevar las alianzas, esperaba en la entrada con una preciosa niña que llevaba las flores, y Diane era la madrina.

Cuando apareció la novia, James no pudo apartar los ojos de ella. Emily llevaba un tradicional vestido blanco con velo a juego.

Cuando llegó a su lado y le levantó el pelo, se miraron a los ojos y, en aquel preciso instante, James recordó el encantamiento cherokee y supo que Emily ya le había robado el alma.

No era el momento de besarla, pero le dio igual. Se inclinó sobre ella y le rozó los labios mientras daba gracias a Dios por darle a aquella mujer que le había devuelto las esperanzas con su amor y su confianza.

Ambos se giraron hacia el cura, listos para casarse, para enfrentarse al mundo y a sus miedos, para compartir sus sueños y para convertirse en marido y mujer.